浙江少年文学新星丛书·第六辑

海飞　主编

追逐一座城

季天然　著

吉林文史出版社
JILINWENSHICHUBANSHE

图书在版编目（ＣＩＰ）数据

追逐一座城 / 季天然著 . -- 长春 ：吉林文史出版社，2020.4（2022.2）

ISBN 978-7-5472-6762-2

Ⅰ . ①追… Ⅱ . ①季… Ⅲ . ①小说集－中国－当代②散文集－中国－当代 Ⅳ . ①I217.2

中国版本图书馆 CIP 数据核字（2020）第 038902 号

追逐一座城
ZHUIZHUYIZUOCHENG

著　　者：季天然

责任编辑：柳永哲

封面设计：四川悟阅文化传播有限公司

出版发行：吉林文史出版社有限责任公司

地　　址：长春市净月区福祉大路 5788 号　　邮编：130118

电　　话：0431-81629363（总编室）　　0431-81629372（发行科）

网　　址：www.jlws.com.cn

印　　刷：三河市嵩川印刷有限公司

经　　销：全国新华书店

开　　本：210mm×145mm　1/32

印　　张：6.5

字　　数：125 千字

版　　次：2020 年 4 月第 1 版　2022 年 2 月第 2 次印刷

定　　价：36.00 元

书　　号：ISBN 978-7-5472-6762-2

印装错误可与印刷厂联系退换。

季天然

出生在江南温柔的4月。

从小喜欢阅读创作。在《儿童文学》《少年文艺》《读读写写》《少年大世界》《小学生时代》《钱江晚报》等报刊上发表了多篇作品。

曾获浙江省少年文学之星征文比赛一等奖、联合杯两岸作文大赛小学组首奖、"西湖杯"全国青少年文学征文大赛小作家金奖、中国少年作家杯全国征文大赛一等奖、冰心作文奖二等奖、北大培文杯全国青少年创意写作大赛三等奖、鲁迅青少年文学奖优秀奖、杭州市中小学生"品味书香、诵读经典"读书征文活动一等奖等奖项。

已出版作品集《盛夏的小碎花》《魔法守护神》。

天大地大快乐最大，一切能带来幸福感的事情都乐意尝试。爱阅读、爱音乐、爱写作，也爱时尚和吃喝玩乐。

写作是记录快乐与思考快乐的方式。欢迎你翻开这本书，一起踏进我的快乐星球。

15岁生日

乡间艺术

书房创作

休闲时光

和妈妈去远方

保送留影

和爸爸去郊游

四月的西湖

理想的学校

流动的音符

重温童年

9

画里画外

美丽的九寨沟

行知中国

那年春天

长发飘飘

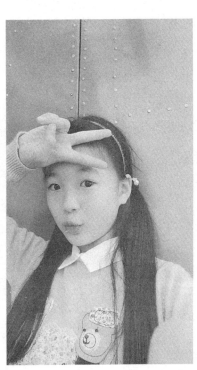

阳光正好

门前有条河

自序

我穿过幽暗的森林，树叶哗哗地响，黑翅膀的乌鸦落在我身旁。

我跨过明媚的小溪，溪水哗哗地淌，金羽毛的麻雀停在我肩膀。

我见过最黑暗和最明亮，看过最美丽和最荒凉。

我是一个旅者，不知向何方。

追逐一座城

很久以前我就离开了家乡。

我不是一个很合群的人，他们说我满脑子都是怪想法怪念头——说啊说啊，就堆砌出了疏离和冷漠的厚墙。于是我选择了旅行。

你不会明白那种漫步在异国他乡，无所事事地度过一个下午的感觉有多棒。特别是在秋天，梧桐树叶摇啊摇，然后轻飘飘地落在我手心里。我抬头看那棵树，那棵树也低头看着我。我会背着旧行囊继续远去，它摇晃着树枝，等待着下一个行人拾起它薄如蝉翼的信纸。

我没有计划也没有什么安排，一个人走啊走，管他走到哪里。或许我花费一个月时间却只前行数里也未可知，可是那也没什么关系，我很自在地慢慢地走，不去算日子经过了多久。

我去过各种各样的地方，见识过高楼大厦和平屋草房。我见过各种各样的人，他们家徒四壁或者富甲一方。我只是想找一个地方——那里有一汪静静的没有波澜的湖水，那里的人们个个平和而善良。

说不清这个地方是什么时候来到了我的脑海之中。仿佛从它刚刚莅临之时，它就变成了我全部的希冀与梦想。它有我喜欢的景色，有我喜欢的人们，有我喜欢的生活方式，随和，平淡，安静，安稳。

我找过很多地方。

很安静的小村庄也好，很偏僻的小城镇也好，却没有一个符合我心中的那个地方。我给它取名为梦城——很俗的名字，可是我实在取不出更好的了。它似乎存在于梦境中。但是我分明地知道，它一定在世界的某个角落。现在的我不够完美，无论如何都配不上。所以它没有出现，只是为了等待一个更好的我。

于是我继续追寻。没有地图索引，我有的仅仅是一<u>丝丝</u>希冀。我抬头看天上棉絮一样的云，那丝云的尾巴向着哪儿，我就朝哪儿继续前行。我看云，看风，看雨。我慢慢走着，我并不着急。

我慢慢懂得什么是坚持什么是释放，什么是善良什么是邪念，什么是表面什么是内在，什么是真实什么是假象。我正在离它越来越近，我的梦城。

什么时候才能找到它呢？

我不知道。

我只是一直都在路上，在追逐那个完美梦想的路上，变成完美自己的路上。我从未停止过脚步。

我一直在路上。一条永无止境的路上。

内容简介

　　林子的夕阳，照亮了谁的忧伤？月下的花田里，会遇见怎样的精灵？怒放的向日葵，给人带来怎样的触动？漆黑的山洞里，如何在善与恶之间选择？……

　　《你是我的璀璨星辰》，照亮了青葱岁月似水年华；《在敦煌等雨》，让人感受到干旱的沙漠里温柔的希望；别具风格的《天蓝色的房子》，传递着来自田野的淳朴而浪漫的乡情；《我去花店买一枝花》，于不经意间领悟生如繁花的美好……

　　这本书里，有纪实，有幻想，有天真，也有成长；字里行间，汇聚着一个普通15岁女孩儿对生活、对生命、对世界的种种奇思与感悟。

　　她一直在路上，在追逐那座梦城的路上。

目录
CONTENTS

散文

小说

你是我的璀璨星辰

第一章

倪楚楚看着镜子里的自己，微微扬起嘴角——额前的碎发稍稍绾一缕在耳后，斜戴一个奶油色的小发夹，马尾辫上绑着闪着光的小皮筋——嗯，挺好看的。她满意地从镜子前起身，打开窗户。纤细的柳枝在小区边的河流水面上投下氄氄的影子，影子被河水浸得柔软，潋滟着流入她的眸底。

她伸了个懒腰，抬起手腕看向天蓝色的手表，"哎呀"一声惊呼，然后迅速背上书包，蹿出家门。

"早上好啊，楚楚！"早餐店的老板见到倪楚楚，笑出了皱纹，"还是要豆浆和菜包子？"

倪楚楚点点头："嗯嗯，两份。"

老板很快包了两袋递给她："还有一份给谁买的？"

倪楚楚吐吐舌头笑而不答，付了钱，拎着早餐袋就跑了。

还有一份……当然是给周煦城买的啦。倪楚楚一边笑着一边飞奔，差点洒了豆浆。一片柳絮蜻蜓点水般在她脸上轻抚而过。

"咣咣咣"，周家的房门被重重地敲响。"谁啊？"屋里的高个子少年揉着眼睛，慢悠悠地开了门。

"我呀。"倪楚楚熟稔地把早餐袋递到他面前。

少年接过塑料袋，包子的香味扑鼻而来。

"周煦城同学，我必须得提醒你，再不走就要迟到了。"倪楚楚微微眯起眼睛，笑得如一缕和煦春风。

"真是个管家婆。"周煦城一边念叨，一边动作利落地背上书包出了门。

初春的气息将整座城市都浓浓地包裹起来，深深浅浅的绒绿遍布了M城。走向公交车站的路上，周煦城大口咬着包子。倪楚楚看他享用着自己买来的早餐，兴奋得走在路上的步子都有了跳跃感，如同一只欢快的鹿，奔跑在属于她的森林里。

两人挤上了拥挤的17路公交车。车行驶在街道上，倪楚楚抓住一根栏杆，望着窗外变换的景色两眼放空，心中漾起涟漪。

就在一个月前，公认的班草周煦城搬到了自家的对门，本来就一直"仰慕"他的倪楚楚简直激动得上蹿下跳。做了一个月的近邻后，对他的好感更是迅速飙升。"周煦城"这三个字仿佛在她心里烫了金。"煦城"，温煦的城市，倪楚楚在一本蓝格子封面的笔记本中煽情地写下："他是我心中的一座城。"

正当她沉浸在遐想中的时候，车子一个急刹，不少乘客重心不稳往后倒去，倪楚楚吓了一跳，不由得侧头看了看周煦城——一束阳光从窗玻璃间滤过，正在他脸上缓缓绽放。

进教室时已临近上课，班主任正坐在讲台前批改作业，两人赶紧悄悄溜到座位上坐好。趁着老师不注意，倪楚楚又转过身子，和周煦城继续路上没聊完的话题。周煦城已经在准备上课用的书本，不时地漫不经心地应一声"嗯""啊""哦"之类的语气词。

他们聊什么呢，好像聊得很开心呢……隔着过道，斜后方一个清秀的少女暗自打量着两人谈笑的画面。她大而明亮的眼睛里闪过一丝荫翳，在冷冷地瞥了一眼后，她低垂下睫毛，遮住了眼里隐隐的失落、小小的羡慕与微微的嫉妒。

"小韵韵，我今天运气爆棚啊，周煦城居然对我笑了！笑了！"课间，倪楚楚激动地晃着同桌好友陆晨韵的手，"你说是不是因为我戴了这个新发夹？"

"这是发夹啊！我还一直在奇怪你为什么要顶着一团奶油在头上。"陆晨韵装出一副惊讶的表情。

倪楚楚瞬间受到了打击："奶油？有那么难看吗？"

陆晨韵微笑着继续补充："怎么会难看，特别好看，好看得让你整个人都像一块巨大的蛋糕。"

"我好想跟你绝交啊，小韵韵，"倪楚楚做出气哼哼的样子说，"你的眼神和审美都很让人忧虑啊。"

她的话音未落，林依然在她身边经过，一脸讶异地指着她的头发："楚楚，你为什么要顶着奶油来上课？"

倪楚楚做出昏倒的样子，瘫倒在桌上。

放学后，倪楚楚拉着陆晨韵直奔发饰店，让她帮自己挑个新发夹。不得不说，陆晨韵的眼光更胜一筹。她挑的那个银色蝴蝶结形状的发夹，中间是一颗晶莹的小珠子，旁边缀着星星点点闪光的小水钻，远远看去，似乎有阳光在上面流动。

戴上这个发夹，效果好得让倪楚楚不敢相信——银色的发夹饰在她的黑发上，显出一种低调的精致，让她的气质瞬间提升。

第二天课间时，倪楚楚忍不住从书包里拿出一面小镜子，左照照右照照："我真的觉得自己和林依然差距不大啊。"

陆晨韵抛了个白眼："你想多了，林大小姐是班花，你……"她斜眼看向倪楚楚，"最多是个歪瓜，歪瓜裂枣的歪瓜。"

两人叽叽喳喳的时候，周煦城进了教室，身后跟着林依然，两人手里各抱着一摞数学作业本，一起走到讲台上。

陆晨韵拍拍倪楚楚的肩膀："看，你和班花的差距不是一般的大。"

倪楚楚向林依然投去目光——柔顺黑亮的长发，清丽的柳叶眉，明亮的眸子，秀气的鼻子……她撇撇嘴，林依然的班花头衔的确实至名归。可她嘴巴上当然不肯认输，不服气地对陆晨韵抗议，只能说林依然太好看，又不是她长得难看。

此时林依然的注意力却完全不在倪楚楚身上，她的视线都聚焦在了身旁周煦城的侧颜上。如果看外表，自己和他真是登对啊……她感觉自己脸上有些发热，赶紧把这丝念头给压下去，但心底隐隐有一缕骄傲。

林依然很快换了一副严肃的面容，清了清嗓子，看了一眼最上面的作业本，报出名字："梁桦——订正！"

有一道声音与她的声音一起传出，是周煦城喊的。两人连语气、停顿的节奏都一模一样，底下立马传来一阵起哄声。

"吵什么呢，无聊。"林依然面上装着生气，却暗暗地高兴。

周煦城一副无所谓的样子，轻轻耸了耸肩。

"倪楚楚！"林依然报出下一个名字。

倪楚楚答应了一声，走过来领作业本。

林依然仔细打量着眼前这个少女——无论怎么看，相貌极其普通的倪楚楚都被自己甩出好几条街啊——自己真是太高估对手了。她心中愉悦，语气也轻快起来："楚楚，你赶紧订正啊！"

周煦城在一边突然补了一句："你今天去我们家吃晚饭。"

"啊？"倪楚楚完全没反应过来。

周煦城解释说："刚才我妈打电话来，说你妈要加班，让你到我家吃晚饭，叫我告诉你一下。"

倪楚楚心中狂喜，表面上又要装得镇定，若无其事地应道："哦。"

林依然却整个人都僵住了——去周煦城家里吃饭！那是她一直幻想的事情……她紧紧咬着下唇……一闪念间，她把目光落到倪楚楚头上："楚楚，你这发夹感觉怪怪的啊，珠光宝气的……"

倪楚楚的脸一下子就黑了。

终于等到了放学。

"小韵韵，你能帮我梳个好看点的发型吗？我自己梳得太丑了……"

陆晨韵无语地看着张牙舞爪的倪楚楚："不就是吃顿饭吗，每天低头不见抬头见的，现在'整容'有必要吗？"

倪楚楚装作没听见，从包里翻出一把梳子，塞给她。陆晨韵无奈地叹了口气，帮倪楚楚梳起头来。没一会儿，一个简单而不失清丽的发型就梳成了。

"哎哟，不错哦。"倪楚楚迫不及待地抬手去抚弄新发型。

她的手一下子碰到了陆晨韵的左手，"嘶——"陆晨韵轻轻吸了口气。

"你怎么了？"倪楚楚忙转过头。

陆晨韵把手缩到薄外套的袖子里去，笑着摆摆手："没事。"

"不好意思啦，"倪楚楚大大咧咧地说，"我要先走啦。我可不能让男神等我啊。"说完，她拎起书包冲出教室。

待到倪楚楚的身影淡出视线后，陆晨韵抿了抿唇，小心地掀开袖子——纤细的左臂上，一道暗红的划痕十分醒目。她轻轻地用右手的手指抚摸了一下伤痕，又迅速地把袖子严严实实地捂上了。

倪楚楚站在客厅里好奇地东张西望。这是她第一次真正走进周家，往常她总是被他堵在门口。

"你家书房在哪儿？"倪楚楚问道。

周煦城用手指了指位置。

她抱着书包径自跑了进去，旁若无人地坐到了椅子上。

第一次做客，为了给男神留个好印象，倪楚楚忍着没叽里呱啦，埋头安安静静地做作业。

终于，所有的作业都做完了，倪楚楚一看时间，惊诧地说："哎呀，都6点多了，你爸妈怎么还不回来？"

"他们一般都是7点多才到家。"

还能和他单独在一起一个小时呢！倪楚楚心里欢呼，眼睛大放异彩地看着周煦城。

周煦城被她盯得起了一身鸡皮疙瘩："你这么看着我干

吗？"

眼看着气氛有点尴尬，倪楚楚找了个话题："哎，你会折许愿星吗？我前几天买了一包星星纸，是撒了发光粉的那种，很漂亮。"她比画着，"结果我按照步骤图学了半天，蹭得满手都是闪光粉，还是没学会。你教我吧？"

周煦城点点头："好吧。反正也没啥事做。"

"太好了！"倪楚楚欢呼。

那包星星纸很漂亮，蓝紫的颜色，银色的五角星纹样，在灯光下会一闪一闪地发光。周煦城拿起一条，一边折一边讲解："把星星纸折起来，打一个小结……"

台灯暖色的光晕出了一屋温暖，让这情景愈发恬静美好。

周煦城很利落地将一颗许愿星折好了，丢到她的手心里："会了吗？折一个给我看看。"

倪楚楚瞬间清醒了，一脸愁苦地接过星星纸，好像周煦城递了个炸弹给她似的——她总不能告诉他，刚才自己只顾着偷看他根本没看示范吧？

七扭八扭，星星纸成了皱皱的一团。

这个世界上怎么还会有手这么笨的人？周煦城恨铁不成钢地看着她。

8点钟，周家的晚饭终于上桌了。

"楚楚啊，这个菜不错，多吃点。"周妈妈和蔼地笑着，往倪楚楚的饭碗里撺了一筷子菜。

倪楚楚笑眯眯地由衷赞叹："阿姨，您炒的菜真好吃！

比我妈的手艺强多了。"

周妈妈十分满意："你看人家楚楚多听话、多乖巧！城城，你也学着点。"

周煦城干笑两声：倪楚楚听话？倪楚楚乖巧？天上掉馅饼了？火星撞地球了？太阳从锅里出来了？

周妈妈又说："现在你们的学业压力重，每天很辛苦，回到家里肯定要吃点好的嘛。"

周妈妈提到学习，倪楚楚借坡下驴："阿姨，辛苦倒没什么，就是我数学不好，回家做作业很多题目都不会，不像周煦城那样，是数学学霸。"

周妈妈高兴得合不拢嘴："我们家城城数学是还不错的。"看到倪楚楚一副"楚楚可怜"的样子，又连忙安慰道："你也不用急，以后有什么不会的就来问他！"

周煦城一口饭噎住了，咳嗽了半天才缓过来："算了吧，妈，我数学也没那么好，不能误人子弟吧？"

周妈妈大气地一挥手："你们是同学，又是邻居，互相帮助嘛！"

周煦城两眼一翻，差点一口气背过去。

第二天的课间，倪楚楚拿出幸运星，炫耀"战果"般摆在陆晨韵的桌上。

"我觉得自己真是太机智了……"她又拿出几条星星纸，眉飞色舞地一边折着幸运星，一边对陆晨韵讲着昨晚的事，

"以后我放学就可以名正言顺地去骚扰他了！"

陆晨韵在一张草纸上写下一行娟秀的字迹："你这个心机girl，心理太阴暗了。"然后递给她。

倪楚楚刚想反驳，林依然笑着走过来，拿起一颗许愿星："楚楚，你不是一向说自己手笨吗？看你折得挺好的啊。"

"昨天晚上周煦城费了好半天功夫，好不容易才教会我呢。"

倪楚楚满心都沉浸在喜悦里了，却没有注意到林依然突然之间变暗的眼眸。

雨不知道什么时候下起来了，蒙蒙的细雨，晕开了天地间的颜色。陆晨韵倚着窗，静静地看着雨——这场雨下过之后，就真正是春天了。

"小韵韵，你发什么呆呢？"倪楚楚穿上自己的校服外套，"上体育课啦，快走啊！"

"哦，来了。"陆晨韵答应了一声。她看到倪楚楚正在往校服口袋里塞东西，好奇地问："你干吗呢？"

"我要把它带去。"倪楚楚掏出一串星星手链高高地举起，"我把折得最好的几颗许愿星给穿起来了。"

"那你带去体育课干吗？"陆晨韵无法理解。

"放在教室里，万一丢了怎么办？"倪楚楚十分宝贝地看着那条穿得歪歪斜斜的手链，"我还要送给周煦城呢。"

陆晨韵用一个巨大的白眼来表示对这条手链以及它的主

人的不屑。

因为下雨，操场跑道湿滑，体育老师就把同学们带到了室内的体育馆，要大家先绕着场地跑几圈热身。

跑着跑着，倪楚楚感觉热起来了，就脱下身上的外套，放到场馆角落的衣服堆上。她不放心地把星星手链从外套口袋里拿出来，却发现身上再没有衣兜可以放，只好又放回去。

林依然因为身体感冒不舒服请了假，正坐在衣服堆旁和另外一个"同病相怜"的女生聊天。忽然看到倪楚楚跑来放衣服，她微微地咬了咬唇，装作什么都没发生过似的继续谈笑着。

不一会儿，那个女生去了洗手间，同学们也都跑到了场地的另一端。一时间，近旁无人，林依然的心跳突然加快起来。她犹豫了几秒钟，接着伸出白皙的手，轻轻从那件外套的口袋里抽走了星星手链，然后若无其事地走开了。

她不知道，同桌梁桦此时正向这边走过来，看到了她刚才的举动。他的眼里闪过一丝疑惑。

终于熬到下课了，倪楚楚立马蹿出队伍，冲到衣服堆前拿起外套。她在口袋里翻找着，忽然大叫："哎？我的手链呢？怎么没了？"

陆晨韵闻声而来，帮她在体育馆的各个角落找了个遍，仍不见手链的踪影。

"你就死心吧。干吗一定要送手链呢？这种东西男生一般不会喜欢的。"陆晨韵伸出手抹了把额上的汗。

"也是啊，"倪楚楚宽慰自己，"我送给他，他也不一定会戴。"

放学了。倪楚楚照旧紧跟着周煦城。

出了校门，周煦城刚要往车站方向走，却被倪楚楚拉着朝右拐。周煦城不解地问她："你要把我拐到哪里去？"

"请你喝杯奶茶嘛。"倪楚楚微笑着说。

走了一段路，就到了一家奶茶店前。

店面的装修是清新的文艺范儿，墨绿的店牌，鹅黄与浅绿交织的墙壁，整个店铺呈现着舒服的绿色调，连店员的制服都是可爱的豆绿色。

"你确定请我？"周煦城环视了一下店面，似乎很满意。

"你想喝什么，尽管说！"倪楚楚摆出一副敢上青天揽日月的豪迈劲儿。

"我要一杯……嗯，这个吧，燕麦奶绿。"周煦城盯着店右侧墙上的饮品价位表。

倪楚楚眉毛都要飞起来啦，这也是她最喜欢的饮品。老天爷，这就是英雄所见略同？不不不，应该是心有灵犀。

"两杯奶绿！"倪楚楚爽气地把钱拍在柜面上。

虽然一下子花出去二十"大洋"让她有点心疼，但既然是送给周煦城的，而且和自己的男神喝同一款饮料，哇哈哈……倪楚楚几乎要狂笑起来。那条莫名其妙丢失的星星手链虽然好可惜，但此时此刻，她所有的遗憾和不快都烟消云散了。

傍晚的日晕朦胧，就如林依然手中散发着淡淡茶香的白茶杯。茶杯里漾着铁观音浅褐色的茶汤，衬得她拿杯子的手指更显白皙。她从口袋里把手链拿出来，仔细端详着。想不到平素笨手笨脚的倪楚楚，能有这份细致，可见真是用了心。

自己默默地喜欢了那么久的人，怎么能半路被别人抢走，何况那个女生什么地方都不如自己。

林依然手中的手链悄悄变了形，一颗许愿星已被她的指甲掐扁，像一颗陨石悄然坠落。

第二章

"英语作业都交了吗？"英语课代表在讲台前喊着。

"我的英语本呢？"倪楚楚焦急地翻着书包，"总不可能蒸发了吧？"

"你好好想想，到底有没有带？"陆晨韵耐心地对待这个一向神经大条的好友。

倪楚楚歪头想着，忽然叫出来："糟了！我早上去找周煦城的时候书包拉链没拉，没准儿掉在家里了！"

陆晨韵无奈地看着她："那你就惨了，英语老师的脾气你又不是不知道。"

倪楚楚"啊"地惨叫了一声！

“你赶紧补吧。”

倪楚楚在书包里翻出一本备用的英语簿，唰唰地写起来。终于赶在上课前交上了英语作业。她简直有一种九死一生之感。

英语问候开场白结束后，英语老师沉着脸猛拍了一下讲台，“嘭”的一声，吓了同学们一跳。“有的同学真是越来越不像话了，在家不做作业，到学校里来补！”她声色俱厉地说道，“第二天到学校补的，能叫家庭作业吗？”

倪楚楚吐了吐舌头，暗自庆幸自己补作业的时候老师不在。

英语老师又用力地一拍讲台：“说的就是你！倪楚楚！到前面来！”

倪楚楚愣住了，感觉浑身的血液在慢慢凝住。她咬着嘴唇，一步一步地挪到了讲台前，嗫嚅地解释着：“我……回家做作业了，就是没带来……”

“什么没带！”英语老师怒道，“别的同学都看到了，你是早上临时补的。做错了事，还撒谎，错上加错！”

倪楚楚几乎要哭出来了：“我没撒谎，我真的做了……”

“不要狡辩了！”英语老师越听越气，“昨天的作业罚写5遍！明天再交一份检查！”

倪楚楚只觉得跳进黄河也洗不清了。她恨不得把那个告密的人揪出来痛打一顿。

"大家打开课本第28页，大声读一遍课文！"英语老师余怒难消，讲课的声音都带着火气。

起初，林依然看到英语老师电火霹雳般地教训倪楚楚时，心里暗暗地幸灾乐祸，但看到倪楚楚百口莫辩的样子，又不由得有些歉疚。

放学后，倪楚楚又赖在周家做作业。她一脸愁闷地写着英语，笔下的字母都透着委屈。周煦城看她这副样子觉得好笑："你是在写英语作业还是在上刑场？"

倪楚楚嘟着嘴："都跟你说了我是被冤枉的……"

周煦城忍不住拿起课本敲她一下："你要真觉得委屈，明天跟老师讲讲清楚嘛。"

"要是能讲清楚我还犯得着罚抄？"倪楚楚用笔重重地戳下一个句点。

她抬起头，把目光凝在周煦城脸上，忽地想起了什么："哎，我八卦地问你个问题，你一定要如实回答啊……"

"我有权保持沉默。"周煦城警惕地看着她，做出防卫的表情。

倪楚楚拿起英语本子遮住半张脸，弯起眼睛看他："哎，你有喜欢的人吗？"

周煦城瞬间咳嗽起来，这转折也太大了吧。

"有啊。"他故作淡定地笑着。

倪楚楚一愣，眼睛里的光一点一点暗下去："谁？"

周煦城眼神莫测地回答："星辰。"

"哦……"倪楚楚木木地点头，突然间慌了手脚，把所有摊在书桌上的东西全都一股脑儿地塞进书包里，然后站起身，"改天我再好好审问你。我先走了啊。"

周煦城注视着倪楚楚用六百步的时间挪完了两家之间六步的路程，心中隐隐有些愧疚。他安慰自己，以她这种没心没肺的性格，估计睡一觉后，明天就会生龙活虎地来砸房门了。

第二天早上，上学的时间到了，周家的房门没有被砸响。周煦城稍稍有些不习惯，只能自嘲：平时自己不是总嫌她太聒噪吗，难得清净一下挺好啊。

可是，等他到了学校，还是没看到倪楚楚。周煦城盯着那个空荡荡的座位，若有所思。

林依然几次走过他身边，像往常般和他聊几句时，他都是答非所问心不在焉。彼此间的气氛莫名地尴尬起来。

这一整天，心绪不宁的不止他一个人。

"叮——"电梯到达了楼层。周煦城走出电梯，几乎是下意识地往倪楚楚家的方向走。犹豫再三，他还是鼓起勇气，按响了门铃。

"谁啊？"屋里传出声音含混的询问。

"周煦城。"

　　屋里的人"哦"了一声，来开了门。门打开的一瞬间，周煦城一句"阿姨好"脱口而出，却意外地看到倪楚楚头上贴着退热贴，嘴里叼着棒棒糖，趿拉着凉拖鞋站在眼前……

　　周煦城愣愣地问道："你……病了？"

　　倪楚楚点点头："昨晚着凉了。"

　　周煦城舒了一口气："我把作业给你带来了。"

　　"你进来吧。"倪楚楚示意他进门。

　　"先别说作业。周同学，我现在要很严肃地问你几个问题。请如实回答。"倪楚楚坐在书桌前，拿出她那个蓝格子笔记本，"星辰到底叫什么？"

　　看来躲得了初一躲不过十五。这才是倪楚楚的作风。

　　"星辰，就是星辰。"周煦城也恢复了常态。

　　"骗谁呢，没有人姓星的。"倪楚楚龇牙咧嘴。

　　"反正我就叫她星辰。"周煦城促狭地笑着。

　　倪楚楚翻个白眼："她长什么样？"

　　"呃……黑色长发，皮肤很白，樱桃小嘴，柳叶眉，双眼皮大眼睛，眼睛很亮，一闪一闪的很好看。"

　　倪楚楚嘟着嘴在笔记本上记着，接着问："性格呢？"

　　"很温柔，比较淑女。哪会像你这么女汉子。"

　　倪楚楚瞪大眼睛冲他嚷："长得好看能当饭吃啊！哼！还性格温柔，做作！你怎么会喜欢这种人！"

与此同时，陆晨韵正在自己的房间里写着日记。门外传来激烈的争吵。不知从爸爸妈妈的哪一次争吵开始，她不再大声地哭喊流泪，也不再徒劳地拦阻，而是静静地躲进房间里，用笔抒发着内心的惶恐难过。

　　争吵声更加激烈了，还传来瓷器被摔碎的声音。陆晨韵叹口气，从房间里走出来。妈妈果然又在摔东西，瓷碗，瓷杯，瓷花瓶，一切爸爸收集的瓷制品，都是她发泄的工具。

　　见到女儿出来了，妈妈一愣，已经摔出手的瓷杯来不及收回，径直在陆晨韵脚前的地面上炸裂。陆晨韵本能地举起手臂一挡，飞溅起的瓷片在她手腕上又添一道嫣红的伤痕。

　　"韵韵！"陆妈妈惊慌地看着她。

　　陆晨韵倒吸一口凉气："没事的，妈。"说完熟练地去抽屉里拿出碘酒和棉签，把伤口简单处理了一下。

　　一旁的陆爸爸满脸怒容地进了卧室，满地狼藉中，四散的瓷片流转着柔柔的光影。

　　正值盛春，M城的一切都沉在暖暖的春意中，周煦城的生日即将到来。

　　倪楚楚用积攒了很久的零花钱，挑了两个同款的MP3，一个水洗蓝，一个柠檬黄，然后在里面下载了同样的几首歌，把柠檬黄的留给自己，另外一个提前好几天装作随意地送给了周煦城。她不想在他生日当天在众目睽睽下送出这份礼物。

　　晚上一起做作业的时候，倪楚楚悄悄把MP3打开，然后用另一只手捂住耳朵，假装在歪着头想题目。

她瞟了一眼周煦城，看到他耳朵边的指缝里露出了天蓝色的耳机。哈哈，原来他也在听MP3。想到他和自己听的是同样的歌，她情不自禁地笑着哼起歌来，声音如游丝，若有若无地飘在房间里。

过了一会儿，倪楚楚忍不住问周煦城："你生日准备怎么过？"

周煦城漫不经心地回答："在家里过。"

"会邀请我吗？"倪楚楚一脸期待。

"如果不请你，你岂不是要掐死我？"周煦城调侃她。

倪楚楚嘿嘿傻乐了几声，想了想，又问道："那，'星辰'会来吗？"

"星辰？你猜啊。"周煦城挑挑眉。

倪楚楚发出"切"的一声。

天色渐渐暗了，路灯一盏一盏地亮起来，金光一直延伸到视线尽头。林依然坐在窗前，微微扬起的嘴角似乎也被手中的茶晕上了淡淡的光影。白天的时候，听到倪楚楚毫无遮掩地在和陆晨韵吹嘘，周六要参加周煦城的生日会，她真是又嫉又恨。一直到周煦城放学递给她一张邀请卡，她的心情才阴转晴。

手机屏幕亮了起来，是一条QQ消息，备注名显示是"梁桦"。

"你为什么要针对倪楚楚？"梁桦问。

林依然手一抖，眼中闪过一丝慌乱，回复一句："我没有。"

"发夹、手链、英语作业……为什么？"梁桦继续发问。

他怎么都知道？林依然脸上露出恼羞成怒的愠色。她回道："这些都与我无关！"然后用力摁下手机的关机键，把它丢到一旁。

随后的几天，林依然刻意地回避着梁桦，但梁桦探究的目光，让她如芒在背。

周六很快就到了，大家陆续来到周煦城家。

林依然送的礼物是她亲手制作的一串软陶捏成的手链，古雅朴素，显出一种低调的时尚，引来大家的啧啧称赞。倪楚楚不由得想起自己做的那条歪七扭八的星星手链，只能自叹不如。

唱完生日歌，吃完生日蛋糕后，热心张罗的周妈妈提议大家都表演一个节目。周煦城抗议说："妈，这是生日聚会，又不是春节晚会。"

周妈妈大大咧咧地说："大家都唱唱歌，跳跳舞，多热闹啊。"说着，她眼睛环顾四周，准备点兵点将了。

倪楚楚心里暗叫糟糕，唯恐周妈妈第一个点到她。幸好这时，林依然竟出人意料地第一个站起来说："我先来唱首歌吧。"

　　只见她一袭浅绿的连衣裙，领口绣着精致的蕾丝，柔软的质地漾出温和的光晕，雪白的学生袜衬得她双腿修长。及眉的刘海儿乌黑发亮，刘海儿下一双明眸越发动人。配上轻柔的歌声，这一刻，连倪楚楚都由衷地为之赞叹。

　　一曲终了，周妈妈率先鼓起掌来："唱得真好！"大家也纷纷鼓掌。

　　林依然落落大方地坐回沙发，笑道："我先献丑了，抛砖引玉啊。"

　　她眼光流转，轻轻漾漾地落在倪楚楚身上："楚楚，你也唱首歌吧。"

　　"啊？"倪楚楚张口结舌，"不行啊，我五音不全。"

　　林依然微笑着坚持："你就别谦虚了。"

　　倪楚楚急了："我唱歌跑调，绝对会摧残你们的耳膜。"

　　周煦城插嘴道："你就别勉强她了。"

　　林依然愣了一下，用开玩笑的口气说："英雄救美啊，那就算了。"

　　倪楚楚这才松了一口气，看一群男生推推搡搡地把表演人选推来推去……

第三章

　　数学月考的分数出来了。

　　班里发试卷，都是按分数高低的名次发。这是大家心照不宣的规则。林依然站在讲台上，第一个喊到的就是周煦城，114分！

倪楚楚赞叹着，简直是神一样存在啊。

女生分数最高的是林依然，112分。她报自己名字和分数的时候，脸颊上竟漾起一层红晕。

一个一个姓名报下去，数字已经从三位数跌到两位数，并且渐渐下滑。倪楚楚紧张地用笔戳着桌板上的一个小洞。窗外的阳光透过教室的印花窗帘洒下来，斑驳的光影在笔杆上跳跃。

"倪楚楚，72分！"

不知为什么，这个"72分"报得格外响亮。有几个调皮的男生幸灾乐祸地开始起哄。

倪楚楚红着脸站起来走上前去接过试卷。72分！试卷上是鲜红的分数和更醒目的红色叉叉，她往窗外侧侧头，悄悄抹去眼睛里涌出的泪水，却正好碰上了周煦城投来的同情的目光。

这一刻，倪楚楚的心中充盈了失落、郁闷、委屈……甚至还有几丝对林依然的愤恨。说她的头饰不好看，故意让她唱歌出丑，大声报分数让她难堪……哪怕她再怎样钝感，也能感觉出林依然对自己的不友善。

陆晨韵轻轻拍她的肩膀，安慰她。

"林依然为什么老是针对我？"倪楚楚泪痕未干，余恨未消。

"你哪儿得罪她了？"陆晨韵也不明所以。

倪楚楚立起眉毛抗议："我怎么会得罪她？"

说这话时，林依然正好从旁边走过。

倪楚楚看着她优雅而自在的背影，抬高声调说着狠话："有什么看不惯我的，随便放马过来。我才不怕！"

看到林依然走出教室，倪楚楚忍不住来到了她的座位前。林依然的试卷已经订正完了，虽然只错了两题，但是老师讲评试卷时说过的每一个知识点，她全记下来了。倪楚楚暗自咋舌，努力把心中油然而生的敬佩压下去。她撇撇嘴，顺手拿起桌上的一支笔，在知识点上画了几道，又在旁边画了个鬼脸，耀武扬威般地将笔扔下，转身走了。

快上课时，林依然回来了，看到自己试卷上的涂鸦，诧异地睁大了眼。坐在她后面的汪彬凑上前悄声说："是倪楚楚刚才画的。"

林依然愣了一下，旋即冲他笑了笑："谢谢你。"

随后她提起笔，把被画掉的知识点重写一遍。倪楚楚这样的做法，简直是小孩子的把戏啊。看来，和倪楚楚的"战争"算是正式拉开帷幕了。

倪楚楚却没有林依然想得多，在她看来，林依然故意大声报成绩让她丢脸，自己破坏她的试卷，算是快意恩仇，当下的不愉快已经一笔勾销了。不就是没考好嘛，下次就考个好成绩给他们看！倪楚楚心里不服输地燃烧着斗志。

不知何时起，窗外飘起了蒙蒙细雨。班里的同学都陆续走了。倪楚楚猛地回过神来，这才发现周煦城不见了！她连忙拿起伞追出去，远远地看到在教学楼前等着她的身影——周煦城！倪楚楚三步并作两步追上去，把伞高高举起，遮在他头顶上，自己却淋在了雨中。

周煦城惊讶地抬了抬头，结果一下子撞在伞上。倪楚楚赶紧把伞再举高些，整个人就像在做广播体操。周煦城把伞接过来，毫不费力地举高，把两个人都遮进伞下，又居高临下地抚了抚倪楚楚被淋湿的头发。

倪楚楚傻笑起来，眼睛快要被这突如其来的幸福溢满了。周煦城看着她毫不掩饰的欣喜神色，觉得这女孩儿简直可以用憨态可掬来形容。

两个人有说有笑地一起向前走去。

不远处，一把藕荷色的雨伞下，是林依然清秀却黯淡的脸庞。她远远地看着那一对少男少女远去的背影，嘴角微微上扬，不知是苦笑还是冷笑。

电视里放着最烂俗的电视剧，嘈杂声盖过了爸爸妈妈卧室里的吵闹。

陆晨韵躲在自己的房间里，在日记本上写下日期，怔怔地望着这几个字符，忽然掉下泪来，泪滴在日记本上绽成暗色的锦花。

陆晨韵脑海里浮现出倪楚楚灿烂笑着的画面——真羡慕自己这个好朋友，无论遇到什么烦恼都能很快化解。

　　外面爆发出爸爸妈妈更尖厉的争吵声。陆晨韵好像听到了自己的名字。她轻轻走出房间，声音更清晰地传入了她的耳朵里。与她的名字相连的内容冰冷如冬天的湖。她摇摇晃晃地回到自己房间，扑倒在床上，脸埋进枕头，呜咽起来。

　　此时的倪楚楚正嘴角含笑，手握着笔低头在自己的本子上画着。

　　周煦城用笔敲了敲她的头："你到底有没有在听啊？"

　　倪楚楚敷衍了事地哦哦几声，继续在纸上涂抹着。

　　周煦城好奇地凑过来："干什么呢？给我看看。"

　　"国家一级机密！不能给你看。"倪楚楚连忙抬手死死地捂住本子。

　　周煦城不管三七二十一，伸出手一把抽出了那个本子，愣住了。

　　画面上是两个人并肩的背影，一男一女，都背着书包，穿着校服，男生执着伞。细雨用铅笔画成了斜线，简单却有种朦朦胧胧的美感。这分明是今天放学时两人同行的场景啊。

　　周煦城尴尬地笑了笑，把本子还给倪楚楚。倪楚楚的脸早就成了一片火烧云。

　　校园的林荫小道正青翠着，春末的风卷着树叶的清新味道。

　　倪楚楚走在小道上，不断地侧头朝身边的陆晨韵说着什么，马尾辫一甩一甩的，皮筋上的金属装饰在阳光的照射下泛着明艳，似一只翩翩起舞的蝴蝶。

"……当时他那个尴尬呀，我的脸整个都红了。"倪楚楚对陆晨韵描述着昨天的事。

一片香樟树叶被风卷下，落到陆晨韵微微向上摊开的手心里。她盯着香樟叶的脉络两眼放空，什么反应也没有。

倪楚楚奇怪地扯她的衣袖："你发什么呆啊？"

"哦……你刚才说什么？"陆晨韵如梦初醒。

因为天热，陆晨韵已经脱掉了校服外套，此时上身只剩一件淡橙色的小衬衣，衣袖被倪楚楚扯了几下，露出了一小段手腕。

倪楚楚"呀"地大叫："小韵韵，你怎么了？"

陆晨韵的小臂上，赫然有四五条伤痕！鲜红的，触目惊心。

陆晨韵恼火地瞪了倪楚楚一眼，挣开她的手，跑走了。

这是怎么回事？倪楚楚这才惊觉这段时间好友的表现实在反常。她到底遇到什么事儿了？

倪楚楚跟着跑回教室里。但无论她怎么追问，陆晨韵始终都紧紧抿着嘴唇不吭声，搞得倪楚楚如坐针毡。她突然灵光一闪，想起以前陆晨韵说过，陆爸爸喜欢收集瓷器。难道是陆爸爸打碎瓷器把她划伤了？但是，为什么会有那么多道伤痕呢？陆爸爸、陆妈妈看上去都是温文尔雅的人，应该不会做出那种家庭暴力的事情吧……倪楚楚用笔顶着下巴，进行着头脑风暴，不时地把自己的猜想记下来。

在她身边，陆晨韵正悄悄用眼睛的余光打量着她。陆晨韵其实已经在后悔刚才对好朋友的态度，但内心的倔强和自尊阻梗着她主动开口说抱歉。

初夏的阳光照在陆晨韵捂得严实的胳膊上，染在她永远高傲扬起的脸上，在她带着苦涩的唇边饰上一层淡淡的光华。

梁桦背着书包慢慢地走着，眼里溢满了犹疑。

这么多天了，林依然躲瘟神似的躲着他。他无法理解林依然所做的一些不太光明磊落的事情。他想问问清楚。

主意已定，他在放学的人群中搜寻着。哪怕都穿着同样的校服，梁桦仍旧一眼就认出了林依然的背影。他加快步子跟了上去，拍了拍她的肩。

林依然回过头来，看到是梁桦，下意识地往旁边一躲。

梁桦犹豫了一下："嗯……对不起，"他小心地字斟句酌，"我不该……那么冒失。"

林依然万万没想到梁桦竟然会向她道歉，顷刻间，眼神少了敌意和抗拒，语调也软下来："过去的事情就算了。"

随后，两人一边向校门口走，一边东拉西扯地聊了些闲话。终于，梁桦按捺不住了，问："你到底为什么要针对倪楚楚？"

林依然矢口否认："我没有。"

梁桦急了，一把拉停她："你还不如承认呢！这样自欺欺人有意思吗？"

林依然的眼神躲闪着，甩下一句"你不会明白的"，就快步向前走了。

回到家里，林依然呆呆地坐在书桌前，浓密的睫毛扑闪着，回想起往事。

两年前小学毕业，离开相处了6年熟悉而亲密的老师和同学，她很长时间都难以释怀。而且，作为全市的重点中学，班里会集的都是各个小学的精英，所有的"辉煌"都成了过去时，重新站在起跑线上的竞争，让她的心里充满压力。所以，在很长一段时间里，她整个人都封闭而拘谨，留给大家的印象，是外表清纯、性格内向腼腆的沉闷女生。

上学期的一次调位，周煦城坐到了她旁边。他的温和就像一缕晨光，慢慢照亮她。她也渐渐变得明朗。她掩饰得很好，从没有人看出她对他的欣赏和喜欢。但是所有人都注意到的一点是，她开始越来越爱笑了，就像一块寒冰，在一点点解冻。

她开始疯狂地补习功课，终于在成绩上与他越靠越近。她成为女生中的佼佼者，也习惯了爱八卦的同学对他们俩的评价——"金童玉女"。

这个学期，梁桦成了她的新同桌。她有些失落，但周煦城并没有调得太远，她还是可以坐在位置上，默默地看他的侧颜。

但是？怎么会半路杀出个倪楚楚呢？

第四章

班主任正在讲台上语调激昂地布置任务："下个月全市有一场校园剧比赛。学校里要在咱们年级组织一次选拔赛，每个班都要演一个节目。剧本就由叶晓曦负责，演员由林依然负责挑选。"

倪楚楚眼睛亮了。她从小就喜欢演戏，小学时，班里每次有小品表演她都不会落下。

一下课，她迫不及待地跑到林依然的座位前，嚷嚷着："我要报名！"

林依然有些惊讶。这家伙这么不计前嫌地来找她，是不是有什么"阴谋"？她探究地望着倪楚楚的眼睛，看到的却是一派澄明。她略加思索，便笑道："得先等叶晓曦把剧本写出来，才能定演员。"

倪楚楚满不在乎："那你先记下我的名字！"

林依然不置可否地点点头。

只用了一个晚上，叶晓曦就把剧本写好了。课间的时候，倪楚楚把剧本浏览了一遍，给了叶晓曦一个大力的拥抱："你太给力了！"

"你这么激动干什么？"旁边的林依然口气冷冷的，"里面又没有你适合的角色。"

"怎么可能？我是实力派的，什么角色都能演！"倪楚楚大声争辩。

林依然不为所动，很快就拟了演员候选名单，然后径直去了办公室。谁知班主任拿过名单一看，竟然问她："怎么没有倪楚楚？她平时挺活跃的啊。"

林依然愣了一下，连忙说："哦，好的，我把她补上。"

回到教室时，林依然恢复了平素温柔可人的神色："楚楚，今天放学后参加排练吧。"

听到这个好消息，倪楚楚先前的不快瞬间烟消云散，立即兴高采烈地应道："好啊！"

林依然微微颔首，笑如昙花。

放学后的礼堂里。林依然把角色分配介绍了一遍，然后问："大家都清楚了吗？"

"清楚了——"倪楚楚应得最大声。

这个小品，男女主角分别是周煦城和林依然，还有一堆配角龙套什么的。倪楚楚演的是一个搞笑的嘉宾，在整幕剧中起到调味搞气氛的作用。

该她上场了。倪楚楚拿着剧本上台，念着台词，再配以夸张幽默的表情动作，逗笑了不少候场的人。

"楚楚，"林依然在一旁微微皱眉，"你的表演太夸张了。"

倪楚楚顺从地点点头，重新演了一遍刚才的桥段。

"动作要自然一些啊，你这样太假了。"林依然又否定了她的表演。

"嗯……说这句话的时候表情只用稍稍带一点点尴尬就好，不用这个样子，太做作了。"

"台词的腔调要注意啊，不能说得这么平淡。"

"这个地方你笑得太过火了。"

……

其他人排得都比较顺利，只有倪楚楚被林依然一遍遍地重来，为数不多的戏份几乎被批驳得一无是处。她实在不明白，翘起一个手指和翘起三个手指跟动作自然、情感丰富有关系吗？笑得露齿和笑不露齿怎么扯得上态度和演技？林依然这么吹毛求疵，是故意的吧？

她为什么要针对我呢？倪楚楚在一边休息时想着，悄悄用研究的眼神打量着林依然——白皙的瓜子脸，纤细而有风韵的柳叶眉，双眼皮的眸子大而明亮，嘴唇殷红而小巧……等等！这相貌为什么有些熟悉？

倪楚楚电光石火地一闪念，难道她就是"星辰"？

下课铃响了，倪楚楚呆坐着，把手指全部交错在一起，看着指甲盖上亮亮的阳光，心思不知道飘去了哪里。

昨天排练结束后，回家的路上，她直率地问周煦城，林依然是不是那个"星辰"。周煦城当时的反应至今历历在目——他愣了一愣，轻轻蹙眉，很快却又舒展了。他说："你猜啊。"

看来是猜对了！此刻倪楚楚的心中长出一棵暗紫色的藤

蔓，她握拳轻捶着课桌，眸里是满满的不服气和小嫉妒。

忽然，有人拍了拍她的肩膀，竟是这些天与她莫名冷战着的陆晨韵。

陆晨韵近来又瘦了些，那身夏季校服在她身上竟显得有些肥大。她咬了咬下唇，说："楚楚，其实那件事情……"

倪楚楚歪了歪头，一脸茫然："哎？哪件事啊？"

陆晨韵沉默了几秒，笑着说："哦，没事的。"她转身走了，留下一个坚毅的背影。

倪楚楚瞬间醒悟：就是关于伤痕的事情啊！她刚才竟然脑子短路了，没反应过来！她赶紧追出去。陆晨韵却再也不肯理她，自顾自走远了。

陆晨韵本想着今天把一切都坦诚相告的。她不想因为自己内心的秘密而继续让好朋友之间有隔膜。可没想到倪楚楚居然压根儿没把自己的事放在心上。她的心里大概只装着那个周煦城吧？

陆晨韵孤傲离去的背影，使倪楚楚一天都沉浸在不明的低落情绪当中，做什么事都三心二意，排练时又被林依然多叫了几次停。

一直到放学后到周煦城家做作业，倪楚楚依然心神不宁。

"你说，小韵韵家里到底出什么事儿了？"她趴在书桌上，侧头望向周煦城。

周煦城笔尖一顿："会不会是她父母吵架了？"

倪楚楚摇摇头："如果只是偶尔吵一架，她不可能会这么多天都情绪反常。"

周煦城想了想，用犹豫的口气猜测道："难道是闹离婚？"

"啊？！"倪楚楚瞪大双眼，"要真是这样，小韵韵就太可怜了。"

自习课上，周煦城正埋头做作业，坐他后面的女生忽然推了推他的椅子，递给他一张小纸条。他把纸条展开——

今天放学后，学校小树林边见。梁桦。

周煦城不解地蹙起眉头：梁桦找他干什么？还这么神神秘秘的。按他俩的交情，有什么事可以直说啊。

虽然这么想，放学后周煦城仍请了排练的假，先去赴约。

学校的小树林虽然不大，却种着樱花、桃花、玉兰、香樟等，贯穿着一条曲折的幽径，小路旁零星散布着石桌、石凳。梁桦已经在那里了，看上去心事重重的样子。

"你怎么了？"周煦城走过去，在他旁边的石凳上坐下。

梁桦抿抿嘴唇，过了一会儿后才犹疑地说道："那个，林依然……"

"她怎么了？你不是一直尊她为女神的吗？"

"没有！"梁桦一下子就脸红了，慌忙摆手，"嗯……是……"

"你倒是快点说啊！"

梁桦犹豫了一下，咬了咬牙，索性一口气说了出来："你有没有觉得林依然最近有些反常，好像一直在针对倪楚楚？"

周煦城仔细回想了一下，经梁桦这么一说，平日里弥漫在她俩之间若有若无的一丝异样气氛就凸显了出来……他不由得点点头。

梁桦一下子激动起来："你肯定知道是为什么！"

"我凭什么知道？这事要是你不说，我还没察觉呢。"周煦城断然否定。

梁桦搓着手，迟疑了一下说："……嗯，我猜，是因为林依然……她……喜欢你……"

周煦城的表情顿时僵住了。

"难道你不知道？"梁桦有点意外。

"她又没告诉过我……"周煦城尴尬地摇摇头。

"那你对她呢？"梁桦试探地问道。

"我只是把她当好朋友而已。"周煦城说得很认真。

一时间，两个人都不知道再说些什么，只听着树上的叶子被风吹得窸窸窣窣地响。

过了一会儿，梁桦木然地点点头，背上书包走出了树林，留下周煦城孤坐在原地。

其实很早以前周煦城就有些朦胧地感觉到了林依然的心思，但他担心这只是自己的错觉。他不希望把这层纱捅破，破坏了彼此相处时的自在。可是现在，原本微妙的平衡被打破了，自己该如何面对？

此时的倪楚楚已经快要郁闷死了，林依然似乎变本加厉，用"温柔"的语气指摘着她每一秒的表演。她觉得经过这几天的排练，自己都能去考中央戏剧学院了。

更何况，周煦城也不知因为什么事请假没来，这更让她觉得排练变成了受气。

终于结束了今天的"折磨"，倪楚楚垂头丧气地走下楼梯，不经意地一抬头，却发现周煦城站在楼梯口等她。

"哎？"倪楚楚欢喜异常，赶紧跑下去，"你不是请假了吗？怎么还在这里？"

周煦城随口扯了个谎："哦，老师让我去帮着整理资料，忙完我就过来了。"

倪楚楚随即开始叽里呱啦地讲刚才排练的情形，只要看到周煦城，所有不愉快就都变成了有趣的谈资。

周煦城忽然问："你觉得林依然最近有什么不对的地方吗？"

"有啊！"倪楚楚差点跳起来，"她总是故意挑我刺！找我麻烦！"

随即，她又气狠狠地嘟囔了一句："你怎么会喜欢她啊？"

"我什么时候说喜欢她了？"周煦城无语。

"疯子会承认自己是疯子吗？"倪楚楚对自己的判断坚信

不疑。

"不承认自己是疯子的就一定是疯子吗？"周煦城明显比她淡定。

倪楚楚哼了一声，快步往前走去："反正林依然就是有问题！"

"你那么激动干吗？"周煦城凭借腿长的优势，很快便追了上去。

两人身后的楼梯上，林依然逆着光微微眯起眼——竟然在周煦城面前说我的坏话？而且周煦城居然没有为我辩解？

这一切都是因为她——倪楚楚，咱们走着瞧。

第五章

与春雨不同，夏雨的唯一特点就是凶狠再凶狠，恨不得把一切统统敲碎在雷声和闪电里。两人撑着伞一路逃亡般地跑进了居民楼里。雨太大，伞又小，倪楚楚右边肩膀还是湿了。她侧头看看周煦城，他被雨打湿的斜刘海儿贴在眉毛处，衬得面容格外清秀，本来宽大的校裤被雨一淋成了贴身的，更显得他双腿长而直。倪楚楚沮丧地拧着自己乱得不成样子的马尾辫——同样是淋雨，自己怎么就显得这么狼狈呢？

既然被雨淋成这样了，两个人就没在一起做作业，各自回家去换衣服。

第二天一早，倪楚楚就开始咳嗽流鼻涕。林依然抓住机会，以倪楚楚感冒了会影响排练为由，让班主任同意她换演员。

倪楚楚得知自己的角色被替换了，心里腾地升起一团火。她冲到林依然位子前质问："你为什么不让我演了？"

林依然抬起头，气定神闲地说："你感冒了，要多加休息。而且，万一你在正式演出之前还没好，那怎么办？"

倪楚楚终于按捺不住地叫了起来："别以为我不知道，你就是在故意针对我！"

林依然一副无辜的表情看着她："我真的是为你好！"

"你……"倪楚楚气结，一时间想不出什么反驳的话，"你就是故意的！"她扔下这样一句话，气哼哼地走了。

坐在后面的汪彬凑过来说："倪楚楚有病吧？居然说你故意针对她？"

林依然淡然一笑："可能是我的态度让她误会了。"

"你哪点不如她了，针对她干吗？根本没有理由啊。"汪彬越说越来劲。

林依然轻轻应了一声，心里默默地说，其实啊，是有理由的，至少，有一个。

没想到过了两节课，倪楚楚竟又主动来找林依然："就算我不演戏，也可以每天跟你们一起排练的，当个场记，打个杂什么的。"

林依然刚想说"没这个必要"，周煦城恰好经过，停下来说："多个人帮忙总是好的。"

"好啊，那你就留下来帮忙吧。"林依然挤出一丝笑容说道。

"耶！"倪楚楚欢呼着奔回自己的座位。

回家的公交车上，周煦城问："你怎么这么想参加排练？不给角色也去？"

"因为……"倪楚楚脸红了。她摆摆手，掩饰道，"我喜欢热闹嘛。"

周煦城没再追问。倪楚楚暗舒一口长气。她其实想说的是：因为——你是男主角啊。

下了车，倪楚楚看到站台广告牌上贴着一张白色的告示，刚想凑近了去看，周煦城已经甩开大长腿向前走了，不耐烦地催着她："快点走啦。"她只好颠颠地跟上去。

第二天一大早，倪楚楚和周煦城在车站等了整整25分钟，连公交车的影子都没见着。周煦城仔细一观察，才发现17路的牌子消失了，广告牌上贴着一张因为道路施工，暂时取消这一站的告示。

"都怪你，昨天非得催我走。"倪楚楚抱怨着。

幸好周煦城脑子灵光，赶紧给老师打电话请了假。

等两人转了其他车赶到学校时，第一节课都上了一半了。进教室时，班里传来一片嘘声。班主任拿黑板擦拍拍讲桌："他俩有特殊原因迟到了，你们有什么好起哄的？"

嘘声更响了，班主任的这个"特殊原因"简直是火上浇油，有的人甚至大喊："求林依然的心理阴影面积！"

"无聊！"林依然淡淡地说道，貌似波澜不惊，心里已经杂草丛生。

倪楚楚瞪了起哄最起劲的那几个人一眼，表情却是掩盖不住的喜色。

周煦城耸耸肩，一脸满不在乎。

下午的美术课，要做一个手工。还没到下课，林依然已经做好了。她拿着自己的作品走向讲台，准备交给老师。

经过倪楚楚身旁时，她装作不经意地用身体碰了一下倪楚楚的胳膊肘。"啊"的一声惊叫，正专心裁纸的倪楚楚左手被锋利的裁纸刀划开了一道口子，血汩汩地渗了出来。林依然连声说着"对不起"，从衣兜里拿出两张面巾纸塞给她。血很快就把面巾纸给染透了。林依然连忙说："我带你去医务室！"

在旁边目睹一切的陆晨韵冷冷地说了句："还是我带她去吧。"

林依然一下子有些讪讪的，伸出去扶倪楚楚的手僵在半空。

陆晨韵犹豫着要不要告诉倪楚楚自己刚才看到的那一幕。她可以断定，林依然是故意的。但说了实话，除了让她们间的关系更加剑拔弩张，还能有什么好处？她想了想，决定暂时什么也不说。

校医很快给倪楚楚处理好伤口。倪楚楚把包扎过的左手举起来看了又看。"真是的，好不容易受一次伤还是左手，不能免做作业，真是一点儿价值也没有。"——她竟然还有心思拿自己开涮。

看到倪楚楚回到教室，周煦城紧张地问道："校医怎么说？伤得重不重啊？"

倪楚楚用夸张的语气说："哎呀，校医说伤口比较深啦，血出得有点多啦，夏天的伤口容易感染啦。"

周煦城看穿了她浮夸的演技，放下心来，笑了笑，不再理会她。

看到这一幕，一直不安的林依然心里暗舒一口气。当时她只不过是想恶作剧一下，破坏倪楚楚在做的手工而已，真的没想到会害得她受了伤。但现在看来，倪楚楚分明是因祸得福，拿这伤口当作博取同情的资本了。

放学后，倪楚楚和周煦城正在校门口商量着改坐哪一路车回家，没想到周妈妈十分贴心地开车来接了。

"阿姨，你真好啊。"倪楚楚开心地坐上车。

"楚楚啊，我跟你妈商量过了，那班公交车取消了，其他路线也很不方便，以后你们俩就拼车上学吧，我们两个妈妈轮流送你们。"周妈妈说。

倪楚楚疯狂地点着头："嗯！太好了！"

这种把心思写在脸上的女生啊，活得这么直率而简单……

周煦城笑着摇头。

"哦，对了，同事正好送给我几张游乐场的券，反正今天是星期五，明天不用上学，要不我带你们去玩玩，把券用掉？"

倪楚楚继续疯狂地点着头："嗯！太好了！我超级喜欢游乐场的！"

于是，周妈妈带着兴高采烈的倪楚楚和周煦城去了 M 城最大的游乐场。

他们先去了游乐场里最著名的星光摩天轮。这个摩天轮号称全省最高最精美，上面的每一个小包厢花纹图案都不一样，里面还有精美的壁纸和柔软的皮沙发，让人可以舒适地鸟瞰 M 城的全景。

周妈妈一看这摩天轮的高度，恐高症就发作了，只好让倪楚楚和周煦城去坐，自己在底下等着他们。

星光摩天轮果然名不虚传。倪楚楚激动地拉着周煦城坐下，拿出手机，一连拍了好几张高空俯瞰的照片，又拉着周煦城拍了一张在摩天轮里的合照。

摩天轮渐渐上升。倪楚楚忽然叫起来："喂喂喂周煦城，我们快要到最顶上了哎！赶紧许愿啊！很灵哦。"

"你居然还信这种乱扯的东西？"

"少废话！快点！"倪楚楚说着，已经闭上眼睛，双手交叉抵在下巴上，嘴里轻声念着什么。

周煦城看着她，扬起一个微笑。

下了摩天轮，倪楚楚心满意足地翻着手机相册。她终于有一张和周煦城的合照了哎！她开心地笑着，把照片传到了QQ空间上。

林依然做完作业，抱起一个粉兔子的巨大抱枕，拿出手机打算玩一会儿。

她打开QQ，发现倪楚楚的空间有更新——我在星光摩天轮。

星光摩天轮？林依然微微蹙眉，点开照片来看。

前几张都是倪楚楚拍的摩天轮和各种搞怪的自拍，翻到最后一张时，她愣住了——倪楚楚挤在镜头前，笑得眼睛都微微眯了起来，而周煦城的嘴角也在微微上扬。背景是摩天轮内部漂亮的墙纸。摩天轮内，只有他们两个人。

林依然盯盯地看着那张照片，把手机越捏越紧。

第二天的课间时，倪楚楚哼着歌走在教室后面，打算从后门走出去。想到昨晚的星光摩天轮，她脚步轻快得恨不能飞起来。

一不留神，肩膀蹭到了一个人，身后传来一声惊叫。

倪楚楚赶紧回过头去，发现那个人正是林依然——刚才，她被蹭到时身子一歪，顺势撞到教室后面的柜子边缘。此时，她正捂着自己的胳膊，轻轻吸着凉气，睫毛微微抖动着。

倪楚楚连忙问："你没事吧？"

林依然轻轻摆手："没事，就是磕了一下。"

刚好经过的汪彬，英雄救美般地来打抱不平："你干吗撞林依然？"

倪楚楚急忙辩解："我是不小心的。"

汪彬指着林依然的胳膊："我都看到了，你就是故意的！"

"我哪有啊？"倪楚楚委屈地争辩。

双方正僵持着，上课铃响了，替倪楚楚解了围。

她悻悻地走回座位时，注意到梁桦从书本中抬起头，看了她一眼。那复杂的眼神，使她莫名地打了个寒战。

她突然间明白了：是林依然自己撞到了柜子，故意上演了苦肉计！

等到下一个课间，她立即走到林依然位子前，气哼哼地质问："你自己撞到柜子上，关我什么事？！"

林依然看了她一眼，垂下眼帘，低声说："是不关你的事啊。"

倪楚楚如同拳头打在了棉花上："那……这件事就一笔勾销！"

林依然看着她转身离开，嘴角凝得如冰一般。

今天下午学校就要进行校园剧比赛了，谁能想到最后关头，替代倪楚楚角色的同学在体育课上阑尾炎发作，被紧急送去了医院。

林依然虽然百般不情愿，但集体荣誉最终还是战胜了她的私心。她主动去找倪楚楚。"楚楚。"林依然轻声叫她。

"啊？"倪楚楚诧异地抬起头。

林依然犹豫地说："嗯……下午的比赛，你能顶上吗？"

还没等倪楚楚开口，她又赶紧补充："这关系到班级的荣誉，你可不能拒绝啊。"

"我又没说我不演，你急什么啊。"倪楚楚不计前嫌，大大咧咧地说。

"那你赶紧熟悉一下台词啊，一定要演好！"林依然如释重负。

倪楚楚望着林依然的背影，小声嘟哝着："我还不熟悉台词？当初排练的时候，被你叫停了多少次啊。早就烂熟于心了！"

"啊啊！我等会儿不会忘词吧？"

"这个地方要不要再改一下？"

"我发型乱吗？再帮我整理一下吧……"

一向沉静的林依然，竟然会有临场恐惧症。她语无伦次地和身边的人碎碎念着。

平时的林依然就像高高在上的女神，令人难以接近。倪楚楚突然觉得眼前这个紧张得抓狂的班花可爱了许多。

但等她演完自己的戏份，在侧幕看剩余的表演时，惊异地发现，林依然无论在台上的哪个位置，目光一直都在追随着周煦城。

倪楚楚不由得咬起嘴唇。她很清楚这种目光意味着什么。

第六章

一下课，陆晨韵就急匆匆去了卫生间。倪楚楚无聊地坐在她的位置上，随手翻着课桌上的书本。

一本带着密码锁的粉橙色笔记本从语文课本底下露出来。这是什么？陆晨韵为什么用密码本？这里面会不会藏着她胳膊上为什么有累累伤痕的答案？倪楚楚燃起一股强烈的好奇心。她试了试用陆晨韵的生日解锁，但密码锁纹丝不动。

倪楚楚气馁地用手托着下巴，突然脑洞大开：要是用自己的生日就好了。她促狭地按下了那几个数字。意想不到的事情发生了，密码本真的开了！倪楚楚使劲咽了口口水，简直难以置信——这密码本又不是她的，密码设成她的生日干什么？

先不管这么多了。倪楚楚迫不及待地翻开本子看起来。显然这是一本日记，一开始写得都很简短，有时间隔好几天才会写一次，到后来渐渐密集起来，写得也越来越长。

倪楚楚快速地翻阅，越往后看，她的眉头皱得越紧。看到最后一页时，手渐渐僵冷下来，眼眶也红了。

真没想到，这几年陆爸爸的生意越做越大，对陆妈妈却越来越冷淡。几个月前的一天，陆妈妈在陆爸爸的手机微信里，发现了他和一个女人暧昧的聊天信息，这成了直接的导火索，从此家里燃起了硝烟。从一开始的争吵，到后来的动手，战争逐渐升级。城门失火殃及池鱼，陆晨韵手上也不幸频频受伤。很快，吵架的内容就变成了关于离婚、分财产之类的事情。

倪楚楚呆愣愣地坐着，不敢相信自己看到的，脑子里一团乱麻！

就在这时，她手中的本子被人狠狠地抽走了！

是陆晨韵。只见她眼睛里几乎要喷出火来，狠狠地从唇齿间挤出一句话："倪楚楚，你不配做我的朋友。"

接下来的时间，无论倪楚楚怎么解释，陆晨韵始终不为所动，冷得像冰。

晚上，倪楚楚想了很久，打开手机，给陆晨韵发过去一条消息：

今天是我错了，我不应该偷看你的日记。真的对不起。

陆晨韵没有回复。

倪楚楚咬了咬牙，又发过去一条：

我不是故意的。

她等了很久，仍然没有回音。

倪楚楚又给陆晨韵发了第三条消息：

你放心，我不会说出去的。

可她一直等到睡觉，也没等到陆晨韵的回音。

电视前的沙发中央，陆晨韵紧紧地捏着手机，手机壳上的水钻硌着她修长的手指。她不知把倪楚楚发来的三条消息看了多少遍，但最后仍然没能回复一个字。

陆晨韵闭上眼睛，两行若有若无的泪在灯光下微微发亮。她有时觉得自己很矛盾，其实内心根本没有那般强大，却仍然要逞强，戴上什么都承受得住的坚强面具。

面具戴久了，就不愿意摘了。

以这么多年的了解，她知道倪楚楚并不是恶意地要窥探她的秘密，也相信好朋友会保守这个秘密。她难以释怀的，是在自己毫无防备的状态下，突然被人揭开了优裕完美生活的表面，露出了藏在下面的千疮百孔。

这一夜，两个女生在不同的空间里，各自辗转反侧。

第二天，一夜没睡好的倪楚楚整个人都蔫了。她时不时地瞟一眼陆晨韵，对方头都不抬，显然还没有和解的意思。倪楚楚只能一次次地暗自叹气。

课间的时候，陆晨韵一言不发地站起来，和其他女生结伴出去了。倪楚楚更加懊恼，于是又拿出蓝色笔记本，把内心的郁闷写下来。

林依然突然站在她跟前："倪楚楚，数学作业全班都交了，怎么就差你一个？"

"啊？"倪楚楚一下子清醒过来，"……我忘了。"

林依然皱皱眉："我已经交给老师了，你自己去补交吧。"

倪楚楚嘀咕了一句："有必要这么铁面无私嘛。"说完连忙把蓝色笔记本合上，拿出作业本跑了出去。

倪楚楚刚才在那个本子上写什么？林依然谨慎地扫视了一下教室，发现没有人在注意她，便飞速地拿起那个蓝色的本子，回到了自己的座位上。

倪楚楚交了作业回来："哎……我的笔记本呢？"她惊慌地翻着桌上的书本，"我就出去这么一会儿，怎么不见了？"

刚进教室的周煦城听到她的大呼小叫，提醒道："书包里找找。"

"我记得没放在书包里啊！"倪楚楚焦急万分。

上课铃很不合时宜地响起，周煦城两手一摊："先上课吧。"

最后一节课刚好是自习课，林依然悄悄用课本做掩护，看完了整个蓝本子里的内容。当看到倪楚楚用粗黑的笔迹写下的一句话："我向小韵韵保证过，一定不会告诉任何人的！"她深呼吸了一次，清秀的脸上浮现出一丝复杂的表情。

放学了，倪楚楚迫不及待地蹿到周煦城面前，连比带画地说着什么。林依然趁着这个空当，迅速地走到倪楚楚的座位边，将本子塞到了抽屉里的书包下面。

周煦城听完了倪楚楚叽里呱啦的一通倾诉，安抚她说："你别瞎着急，再仔细找找看。"说完，和她一起到座位边，一样样地翻找起来。

"啊！原来在书包下面！"倪楚楚惊喜地叫道，"怪不得刚才找不着！"

周煦城哭笑不得。

"我当时好像是放在桌子上的啊？"倪楚楚不确定地念叨着。

"你这个糊涂虫！赶紧回家吧！"周煦城伸手弹了一下她的脑壳，转身走了。

"你等等我！"倪楚楚连忙收拾了书包追出去。

一连几天，每到课间，林依然就有意无意地找些话题，和坐在前面的叶晓曦闲聊。叶晓曦是出了名的八卦女生，什么事情一旦被她知道，就意味着全世界都知道了。

终于，在一个课间，林依然拉着叶晓曦，来到了一个无人的角落。

"我从倪楚楚那里知道了一个秘密，我就告诉你一个人，你不要告诉别人，好吗？"

叶晓曦两眼放光地点了点头。林依然便把陆晨韵的事全盘托出。

叶晓曦吃惊得嘴巴都快合不上了。

"你千万要保密啊。要是让倪楚楚知道是我告诉你的，那我们友谊的小船就彻底翻了。"林依然郑重其事地叮嘱着。

叶晓曦亲昵地拍拍她的肩："你放心！"说完，她带着收获秘密的欢喜，一蹦一跳地回了教室。

林依然走在她身后，把眼里的犹疑渐渐化成了冷漠。她要在叶晓曦身上赌一把。既要赌她爱八卦的本性，又要赌她对自己的忠诚。她知道这么做的风险，如果赌输了，自己失去的是什么。可是，如果不这样做，她又怎样能战胜倪楚楚呢？

"晨韵！晨韵！"

陆晨韵正伏在课桌边放空，忽然听到有人叫她。她慢慢抬起头来，一脸茫然："怎么了？"

桌前站着几个女生。领头的一个双手撑在陆晨韵桌上，脸上写满了关心："晨韵，听说你父母要离婚了……家里出了这么大的事儿，你怎么都不告诉我们啊？"

陆晨韵怔了怔，拳头握了起来。

一个短发女生附和："是啊，陆晨韵，周末我们一起去看电影吧！开心一点儿……"

"你有什么要我们帮忙的，尽管说出来。"

"大人都只顾自己，根本不管孩子的感受。真是太自私了！"

"其实也没什么大不了的，现在父母离婚的多了，你千万别想不开。"

几个人七嘴八舌地说着。

"够了！"陆晨韵猛地起身，用力推开面前的短发女生，往教室外走去。背影如钢笔勾出的硬朗线条，孤独而冷傲。

短发女生被用力一推，背撞到了另外一张桌子的桌角，疼得一下子哭起来。

"真是不识好歹！我们好心安慰她，她却这么对我们！"领头的女生忍不住愤慨地说。

"什么人啊！狗咬吕洞宾！"

不少人听到了声音，跑过来围观。刚从外面进来的倪楚楚也好奇地挤进来。

"怎么回事儿？"她问短发女生。

短发女生只顾着哭。

其他几个女生你一言我一语地把事情经过说了一遍，倪楚楚浑身的血液似乎都凝固了。

她焦急地问领头的女生："你们怎么知道这些的？"

"叶晓曦说的啊——"

倪楚楚立刻转身去找叶晓曦。她正在自己的座位上，若无其事地看着自己引发的这出好戏。

"叶晓曦，这是怎么回事？"倪楚楚厉声质问。

叶晓曦吓了一跳，"林依然"三个字差点就脱口而出，但她把这名字硬生生地咽了下去。她眼睛一转，说："你还好意思问我？还不是你自己说的？"

"我？"倪楚楚圆了眼，"我什么时候说过？"

"喊，别不承认了，不就是嘴不严，没把住门嘛。"叶晓曦一副"我懂你"的表情。

倪楚楚整个人都僵了，明明是捎着热意的夏风，拂过她时她却打了个寒战。几秒后，她发疯般地跑出教室。

她一定要向陆晨韵解释清楚！

倪楚楚把教学楼周围能藏人的地方都找了一遍，也不见陆晨韵踪影。这时，她眼角的余光忽然扫过校园里的小树林，顿时浑身一个激灵——这里还没有找过！她条件反射般地往小树林冲了过去。

小树林里青翠润泽的绿色仿佛是幅油画，但倪楚楚根本没有心思观赏美景。

远远地，她看见了陆晨韵的身影，便飞快地跑过去。陆晨韵正坐在石凳上，目光呆滞地看着前方。

"小韵韵！你在这里啊！我都快急死了，你的事……"

陆晨韵冷冷地凝视着她，让倪楚楚心中莫名地有些恐惧，声音不由得小下去："你的事不是我传出来的，是叶晓曦说的。"

陆晨韵眼神冷冷地说："你不说，叶晓曦怎么可能知道呢？"

倪楚楚急了："可我真的没有告诉她……"

"我们可是最好的朋友，"陆晨韵嘲讽地看着倪楚楚，把"最好的朋友"五个字说得特别重，"当然，以后就不是了。"

倪楚楚气昏了：陆晨韵根本不相信她！她失控地吼起来："陆晨韵！你觉得我是那种到处乱说的小人吗？"

陆晨韵一声冷笑："由不得我不信。我要和你绝交。"

倪楚楚压抑不住心中的愤怒，喊："不信拉倒！绝交就绝交！"

第七章

倪楚楚沮丧地趴在书桌上，纠结地揉着自己的手指。"小韵韵跟我绝交了，怎么办呢？"说到这里，她又愤恨地一捶桌子，"到底是谁把她家里的事说出去的啊？"

周煦城的笔尖在纸上飞速游走着："先别管是谁说的了。你去向她认个错吧。"

"我认什么错啊，我是被冤枉的。"倪楚楚失落地盯着书桌上交错的木纹。

见她这副情绪低落的样子，周煦城想了想，说："要不你今天在我家吃晚饭？"

倪楚楚脸上的阴霾一下子就淡去许多："你说真的？"

阳光透过落地窗和淡色窗帘，跳跃在倪楚楚发间的蝴蝶结上，上面嵌着的小水钻闪闪发亮。周煦城眯眼看她，不知不觉扬起唇角，轻轻答：

"嗯，真的。"

晚上临睡前，手机忽然一声短信提示音。倪楚楚拿过手机，手指一点，几行字便轻盈地跳跃出来。

既然绝交就要彻底些，请把我送你的所有礼物都还回来。

手机屏幕一点一点地变暗，就如倪楚楚一点一点变暗的心。

倪楚楚不知道，那个在她心中不可一世的高傲少女，此时握着手机，怔怔地望着发亮的屏幕，泪水滴在作业本上，晕开一朵朦胧的花。

许久，陆晨韵拭去泪，望着手机屏幕露出苦涩的微笑。她戴上了坚强的面具，就要将自己置于冷酷的模子中不断打磨。哪怕懊悔哪怕疼痛，她也要承受。

只是……自己为什么要戴上这个面具呢？陆晨韵望着精致的白窗帘，细细端详着窗帘上的镂花金粉浅色蝶纹，唇角划过一丝悲凉。

"你抱这么大个袋子干什么？"早上出门，在电梯口，周煦城指指倪楚楚怀中硕大的银色袋子。

倪楚楚哼了一声："别惹我啊，小心误伤了你，被我的火气炸到火星上去。"

周煦城轻笑一声，看她抱得费力，就把袋子接了过来。他往袋子里一瞟，看见放在一堆盒子最顶端的是一张果绿色的贺卡。他禁不住好奇心，拿起来看看。

楚楚，生日快乐！

署名是陆晨韵。

"这些东西都是陆晨韵送你的？"周煦城又翻了翻其他的东西，"你准备拿到哪儿去？"

倪楚楚委屈地说："她让我把送给我的所有礼物都还她。"

"那你就真的还给她？"

倪楚楚赌气地说："既然她这么说，我还舍不得什么？我也是有尊严的。"

周煦城耐心地劝她："难道你不明白，这件事最受伤害的不是你，是陆晨韵吗？如果你只顾着自己的尊严，再一次伤害她，你们可能就真的绝交了。你真的想这样？"

倪楚楚的眸子暗淡下去，轻轻摇了摇头。

"听我的，快把这些东西放回家收好。别迟到了。"周煦城把袋子塞回倪楚楚怀里。

倪楚楚一进教室，就快步走到陆晨韵跟前。陆晨韵放下手中的书，轻垂羽睫。两人都沉默着。

倪楚楚犹豫了一会儿，小心翼翼地说："嗯……我不能把礼物还给你……我不想那样……"

陆晨韵只是看着她，并不说话。

倪楚楚在这样的注视下愈发紧张："你的事不是我说的……或许你以为是我，但是……真的不是我！那天是我态度不好，对……对不起！我们不能绝交……"

"你不应该偷看我的密码本。"陆晨韵仍难以释怀。

"我当时只是好奇试着玩，把我的生日输进去了而已，没想到它竟然开了……"倪楚楚竭力解释。

"你的生日？"陆晨韵一惊。当时刚买来那个本子设密码的时候，她突发奇想，用了最好的朋友的生日，作为自己对友谊的一种悄悄的纪念。没想到，倪楚楚也这么突发奇想，会用自己的生日去试好朋友的密码本。或许这就是她们之间特有的心有灵犀吧。想到这里，她突然觉得心里的坚冰在融化了。

"真的！我没骗你……"倪楚楚越说越难过，眼睛里开始泛起一层水雾。

"密码本的事情，我就不追究了。"陆晨韵的口气没有先前那么冷冰冰了，"可为什么所有人都知道了呢？"一想到这个心结，她的神色又凛冽起来。

"我，我确实没有告诉任何人啊……"倪楚楚急得脸都白了，"我发誓！"

两个人的眼睛直直地对视着。一边是热切，一边是冷静；一边是委屈，一边是犹豫。

似乎过了一个世纪那么久，陆晨韵终于开口，语调低低的，却蕴有一份坚定：

"好，我相信你。"

因为与陆晨韵和解了，倪楚楚心里连日的阴霾一扫而光。放学路上，她又开始不停地叽叽喳喳。

见她这么高兴，周煦城忍不住调侃她："你们女生真是一阵风一阵雨的。早上还一副世界末日的样子，一转眼就又天下太平了。"

倪楚楚顾不得和他理论这些，只忙着要解开心中的疑问："到底是谁说出去的呢？你帮我分析分析。"

"你好像在自己的蓝色笔记本上写过吧？"周煦城仔细回忆着。

"对啊！"倪楚楚大叫了起来，"难道是有人偷看了我的本子？"

"你记不记得，你的本子前几天失踪过一次，后来又找到了？"周煦城提醒她。

倪楚楚一愣，复而眼睛一亮："也就是说，不是因为我记性不好，而是有人故意捣的鬼？！谁那么恶毒啊？"

"那我就不知道了。"周煦城两手一摊。但猛然间，他想起了前不久在小树林里，他和梁桦的对话。

"你有没有觉得林依然最近一直在针对倪楚楚？"

梁桦的声音似乎在耳畔响了起来。

周煦城皱了眉，难道真的是她？

早上第一节课，班主任兴冲冲地走进教室："我有一个好消息要宣布——"

教室里叽叽喳喳的声音一下子消失了。

"我们班表演的小品被评为第一名，要代表学校去参加市里的比赛了！"教室里响起几声欢呼，班主任喜笑颜开，"离比赛还有一个星期，这几天大家再好好排练排练！一定要为咱们班、为学校争光啊！林依然、周煦城，你们两位主演，更要加油啊。"

林依然唇角漾开甜甜的笑，看向男主角周煦城，正巧与他投过来的目光相遇。她心中一热，嘴角笑意更甚。

倪楚楚嘛，上次是因为那个演员生病了才让她参演的，这次，她可没有这样的好机会了。

放学了，在倪楚楚第101次央求参加排练时，林依然还是铁石心肠地回复了两个字："不行！"她振振有词地说，"上次让你参加学校里的演出只是临时救场。现在原来的演员身体好好的，又是要参加全市的比赛，当然要优先考虑人家了。"

这样的理由摆出来，连周煦城都不好意思再求情。他对快快不乐的倪楚楚说："那你先走吧。我排练完了自己回去。"

倪楚楚不放心："你怎么回去啊?"

"打个车呗。你不用管我了。"周煦城催着她走。

"那好吧……"倪楚楚悻悻然地转身走了。

排练结束了，林依然特意留在最后跟周煦城一起下楼。两个人并排走着时，脚步声在空荡的校园里显得特别响。不知怎么了，林依然突然觉得彼此之间很陌生、很拘谨。

为什么自己不能像倪楚楚那样轻松自在地和周煦城说笑，甚至是嬉戏打闹? 而周煦城每次和她见面，总是那么彬彬有礼，有一种疏离的客气。此时此刻，终于难得有这么一个单独相处的机会，自己竟不知说些什么。论相貌，论成绩，倪楚楚明明什么都不如自己啊，为什么她就能让周煦城那么开心，主动为她做那么多事情?

林依然心里千回百转，低着头沉默地走着，一缕碎发轻轻垂在她脸颊边。

周煦城一边走，一边不时地用眼睛的余光打量着林依然。这个在很多人眼里称得上完美的女生，和她在一起时，却总让人有一种雾里看花的不真切感。如果说倪楚楚是冬日的一杯热可可，林依然就像青玉案上的一个精致的瓷器，虽然很美，却令人不敢接近。

眼看着到校门了，林依然终于忍不住开口道："你……

演得越来越好了。"说完脸蓦地红了，幸好暮色已浓看不出来，但她自己能觉得脸颊热滚滚的。

周煦城不好意思地笑了笑："你也不错啊，又是主演，又是导演，多才多艺。"

林依然听着这样的夸赞，心里美滋滋的，正想再说些什么，"嘀嘀"两声喇叭，一辆车在路边停了下来。林依然看到爸爸按下车窗，冲她招手。

"我爸来接我了。明天见。"她匆匆道别，上车走了。

周煦城挠挠头，左右看看大街，准备打车回家。

"周煦城！"他忽然听到有人叫他。放眼一看，不远处有辆熟悉的轿车。他连忙跑了过去。

"阿姨，您怎么来了？"周煦城钻进车里问。

驾驶座上的倪妈妈边启动车辆边说："楚楚说你们要排练，让我晚点来接你们。"

周煦城诧异地看向身旁的倪楚楚，她连忙竖起一根手指示意他不要出声。周煦城压低嗓音问："你一直没走？"倪楚楚点点头，轻声说："我一直在礼堂外面看你们排练，觉得差不多了，就打电话让我妈过来了。"

周煦城一时无语，任夕阳在他脸上晕染出一层朦胧的笑意。

乳白色的月光萦绕在纤细的指尖，倪楚楚写完作业的最后一个字，整个人往椅子上狠狠一靠，长出了一口气："今天我居然这么快就写完作业了，真是不可思议。"

周煦城打了个哈欠："我早就写完了。"

倪楚楚不屑地撇撇嘴，拿出蓝色笔记本开始翻。

"哎？"她忽然惊叫起来，"这几天事情太多了，我居然都忘了调查'星辰'！"

周煦城隐隐有些头疼……

倪楚楚凑到他眼前："别想蒙混过关。'星辰'就是林依然！是不是？"

周煦城白了她一眼："随便你怎么想吧。"

倪楚楚不依不饶："你要是不承认，我就继续往下查了啊！"

周煦城眼睛一转："随便你，反正以你的智商也查不出来。"

倪楚楚瞪他一眼，又把目光聚焦回笔记本上。翻到关于陆晨韵的那一页，她轻轻叹了口气，合上本子。

"你觉得，到底是谁偷看了我的本子呢？快帮我推理一下。"

"可能……"周煦城犹豫着，"可能是某个对你不满的人吧。"

"对我不满的人？"倪楚楚转着眼珠，"哼！我知道了。是她！"

"谁？"周煦城一阵紧张。

"林！依！然！"倪楚楚一字一顿地说。

"别乱猜了！万一冤枉了人家呢。"周煦城连忙阻止。

"我才不会冤枉她！我一定会把事情搞清楚的！"倪楚楚一脸严肃。

第八章

刚一下课，倪楚楚就把叶晓曦从座位上拉起来，拽到楼梯拐角处。

"是不是林依然把陆晨韵的事情告诉你的？"她开门见山地盘问。

陆晨韵跟过来，静静地站在她身后。

一看来者不善，叶晓曦有点慌，她矢口否认："这件事跟林依然没有关系。"

"那你说，是谁告诉你的？"倪楚楚口气更加严厉。

看到倪楚楚咄咄逼人的样子，叶晓曦目光有些闪烁，但很快她便想起了林依然的话："我就告诉你一个人，你千万不要告诉别人，好吗？"

已经很久没人这么信任她了。就凭这份信任，她也不能出卖林依然。

"你还好意思问我？不就是你告诉我的吗？！"她反戈一击。

倪楚楚一惊，喊："你胡说什么？我什么时候告诉过你？"她又转头看向陆晨韵，慌张地说，"你不要信她……

她胡说八道！"

陆晨韵一双眸子清澈如溪：

"我相信你。"

正是栀子花最盛的时候，嫩白的花瓣往空气中洒着芬芳。风携着热量往路边来，惹得路旁的梧桐摇了摇叶子。倪楚楚一边嗅着香味，一边转头问身旁的陆晨韵："没想到叶晓曦现在口风这么紧。她死活不肯说，我们怎么办呢？"

"算了吧。"陆晨韵苦笑着摇头。

倪楚楚瞪大了眼睛："怎么就算了呢？肯定是林依然捣的鬼啊。"

"全班人都知道了，我的秘密也不再是秘密了。"陆晨韵的神情淡淡的，"而且查不查都没意义了。我爸爸妈妈……离婚了。"

倪楚楚又震惊又心疼，一时不知说什么安慰的话，只能伸出胳膊，抱住了好朋友。

一向坚强的陆晨韵终于绷断了最后一根弦，扑在她怀里哭了。倪楚楚紧紧地揽着她，几滴温热的泪溅在她的背上。

转眼又是周五，今天是小品比赛的日子。参加比赛的同学午饭后就走了。

倪楚楚暗自沮丧，不过想到放学后，她要陪陆晨韵去看电影，就强令自己打起精神来。自从知道陆晨韵的爸爸妈妈离婚的消息，这些日子她每天都变着花样逗她开心。

倪楚楚拿出手机看看时间，大呼小叫："哎呀，离开场还有一个多小时呢！没想到班主任今天没拖堂，电影票订早了。"

"要么我们先去电影院取了票，然后到附近逛逛吧。"陆晨韵提议。

"好啊！咱们俩好长时间没一起逛街了。"倪楚楚立即雀跃着收拾书包。

电影院不远，15分钟就到了。倪楚楚取完票，兴致勃勃地拉着陆晨韵东游西逛。"待在电影院里等着多无聊啊，去外面逛逛，买点奶茶什么的。"

陆晨韵扬扬手中的钱包："我警告你，本姑娘一个月可只有1500元的抚养费！以后要开始省吃俭用了啊。"

"知道啦！我请你！"倪楚楚笑着应道，暗暗佩服陆晨韵强大的心理，这么快就能坦然接受现实，还能自我调侃。

两个人正说说笑笑地走着，陆晨韵忽然指着马路对面说："快看，是周煦城哎！"

"怎么可能？"倪楚楚顺着她手指的方向张望，"他不是去参加比赛了吗？"

"咦，他旁边有个女生呢！好像是林依然！"陆晨韵有了新发现。

"什么？我们过去看看！"倪楚楚拔腿就冲，恨不得立马飞过去。

"小心啊，红灯！"陆晨韵一把拉住她。

街上车流行人熙来攘往，隔着马路，倪楚楚眼睛一眨不眨地盯着对面的车站。

周煦城背着书包，微微侧头，向站在他身旁的林依然说着什么。

林依然举起手臂，将一把遮阳伞举过他的头顶。周煦城从她手中接过伞，撑在两人头顶。

林依然笑得很灿烂，隔了那么远，倪楚楚都能看得到她黑亮的眸子闪着光，灿若星辰。

或许，这就是"星辰"名字的来历吧。

失落如潮水般涌上来，把倪楚楚的眸子沉在一片水汽里。她轻轻打了个寒战，在这耀眼的夏季。

绿灯亮了，倪楚楚伫立在原地，一动不动。

陆晨韵拉了拉她的胳膊，轻声提醒："哎，可以走了。"

倪楚楚摇摇头说："算了。我们去看电影吧。"

第二天一早。

"喂，昨天你比赛完怎么回家的啊？"倪楚楚一边啃着包子一边问周煦城，抱着些许试探的心情。

"坐公交车啊。"周煦城轻描淡写道。

倪楚楚强作镇静："你是跟林依然一起坐车的吧？有人在车站看见你们了。"

"有吗？"周煦城疑惑地侧头，"嗯……我们没一起坐车，只不过是一起等车而已。”

“你为什么给她撑伞？”倪楚楚追问。

“撑伞？……哦，我看她比我矮，撑伞太费劲，就把伞接过来了。”周煦城若有所思，“我不记得碰到过熟人啊。你是听谁说的？”

倪楚楚眉毛一抬：“若想人不知，除非己莫为。解释就是掩饰，掩饰就是确有其事！别以为你不说我就不知道。”

周煦城看她努力掩饰着紧张，唇角莫名扬得悠然。

比赛结果很快就出来了，一等奖。当班主任拿着奖状进班的时候，同学们都沸腾了。“来来来，参加表演的同学上来拍照留念！”班主任招呼着。

演员们纷纷起来走向讲台，倪楚楚也兴冲冲地站了起来，却被经过的林依然冷冷甩下一句话：“是参加市里比赛的人上去拍照。”

倪楚楚顿时又尴尬又懊恼，只得悻悻地坐下了。

偏偏就是林依然，又在班主任即将按下手机快门的时候微笑着说了一句：“老师，编剧叶晓曦功不可没啊，她也应该来拍照的。”

班主任欣然点头。叶晓曦立即兴奋地跑上去，挤进拍照的队伍，比出胜利的手势。

倪楚楚悄悄对陆晨韵说：“你有没有觉得这是林依然对叶晓曦为她保密的奖赏？”

陆晨韵笑了笑："别想那么多了。"

"我怎么感觉你现在有放下屠刀立地成佛的感觉啊。"倪楚楚不解地看着她。

陆晨韵扑哧一声笑了出来。

倪楚楚看向台上，嘴巴不满地嘟了起来——笑得好看的林依然和摆出酷酷表情的周煦城正并排站着，一起看向镜头。

放学后，体育老师选了班里几个个子高的男生，和三班举行一场篮球赛。同学们自动地组成了啦啦队前去助威。

倪楚楚却拉着陆晨韵向小卖部跑。"这么大热的天，周煦城等会儿一定很渴。去给他买瓶水吧。"

陆晨韵笑话她简直就是周煦城的迷妹。

篮球赛结束了，倪楚楚挤过围观的人群，去找刚下场的周煦城。

"周煦城，给你水——哎？"话说到一半，她愕然地停住了，"你怎么有水了？"

"刚才林依然给的。"周煦城举起手里的矿泉水，咕咚咕咚大口喝着。

"喝我这瓶！"倪楚楚赌气般地把水瓶往周煦城面前一递。

周煦城扬了扬手中的瓶子："不用了，这瓶已经打开了。"

倪楚楚恼火了："你看不出来她这是黄鼠狼给鸡拜年

啊。"说完，扭头便走。

她带着一肚子的火气回到教室，林依然正神态自若地坐在课桌前，一只手翻着一本书，一只手拿着水杯在喝水。

倪楚楚用眼睛斜睨着她，步子重重地走过去，就势撞了一下。

林依然手里的水杯一下子被撞歪了，水洒在衣服和书上，连同抽屉里露出一半的书包也没能幸免。她当下弹起来："你干什么？！"

倪楚楚轻轻冷哼："我不是故意的。"

"你就是故意的！"林依然顾不上被浇湿的衣服，手忙脚乱地拿起书抖起来。

"故意的又怎样？"倪楚楚一副一不做二不休的架势，"难道你一天到晚地针对我，不是故意的吗？"

"你说什么？"林依然心疼地看着湿了的书页，气愤地说，"你看看你把我的书弄成什么样子了？"

"大不了我赔给你！"倪楚楚不甘示弱。

"你赔得起吗？"林依然声调高了八度，横眉立目的，一改往日温婉的形象，"这书和书包都是周煦城送我的生日礼物，你怎么赔？"

倪楚楚张着嘴巴发不出声音来，长而翘的睫毛微颤着，眼睛狠狠瞪着林依然手里的那本书——《人类的群星闪耀时》。

他送她生日礼物，自己竟然被蒙在鼓里。群星闪耀，这是他们俩之间的暗语吧？群星闪耀，不就是"星辰"吗？

倪楚楚只觉得心头怒火熊熊燃烧，又觉得似乎有一瓢瓢的冷水当头浇下。冷热交错中，整个人都木掉了。

此时的林依然看到周围的同学已经准备过来劝解，当即定了定神，恢复了往日温柔的形象，说："好了，我们别闹了。"

"你……"倪楚楚一时语塞。

林依然把书和书包擦拭干净之后，放到走廊的栏杆上晾着。倪楚楚透过窗玻璃看出去，那个晾着的深蓝底色点缀着白色小星星的书包，被灰色的水泥栏杆衬得愈发素雅，每一个经过的人都忍不住打量它几眼。倪楚楚越看，越感觉林依然根本不是在晒水渍，而是在晒幸福！

"喂，该回家了。"

倪楚楚转头，看到周煦城正微笑着看她。

"你居然把水泼到林依然身上了？你们俩什么仇什么怨啊？"周煦城一脸看热闹不怕事大的表情。

"还不是因为你？"倪楚楚强忍着没有说出这句内心独白。

"听说那书包和那本书都是你送的呢。"她酸溜溜地说。

"来而不往非君子嘛。我过生日，她也送过礼物的。"周煦城若无其事地说。

"心疼了吧？"倪楚楚语气不由得刻薄起来。

"喊，瞎说什么呢。"周煦城白了她一眼。

第九章

"今天是不是要交调查表回执？"倪楚楚又开始犯迷糊。

"对啊。"陆晨韵淡定地看看她，"你忘了昨天班主任特别叮嘱过的。"

"那怎么办？"倪楚楚慌了，"我忘带了。"

此时，班主任大跨步地走进教室，把手中的教案往讲台上一拍，严厉地说："提醒了很多遍，还有五个人没有交回执！拖了全班的后腿！没交的人，赶紧打电话让家长送过来！"接着，班主任大声点了五个"害群之马"的名字。

倪楚楚首当其冲，第一个被点名示众。她吐了吐舌头。

令人没想到的是，最后一个被点到的名字，居然是林依然。完美的班花竟然也有掉链子的时候。第一次被当众批评，她窘得整个面颊连脖子都红了。

一下课，几个被点名的纷纷溜出教室，打电话搬救兵。

给老妈打过电话，倪楚楚放心地转身回教室，却发现林依然站在走廊另一端，拿着手机一脸焦灼。看来她遇到麻烦了。

倪楚楚最初的几秒钟是幸灾乐祸的，但一贯的热心肠让她最终还是忍不住走过去问："怎么了？"

"我妈的电话一直没人接……"林依然一幅束手无策的样子。

"打给你爸啊。"倪楚楚支招。

"我爸出差了。"

"那怎么办？"倪楚楚一时间忘记了两个人之间的恩怨，替她着急起来。

"林依然！"班主任的声音突然从身后炸响。

两个人吃了一惊，一起回头。班主任呼哧带喘地跑到她们跟前，一把拉起林依然的手："快！你妈妈出车祸了！"

班主任的话仿佛一块巨石重重砸向林依然，她难以置信地说："什么？不可能……"

"她被送到第三医院了，已经通知你爸爸了，你先赶紧过去吧。路上注意安全！"班主任怜惜地拍拍她的肩膀。

林依然木讷地点点头，摇摇晃晃地冲下楼去。

一直冲到楼前的空地上，她的心才渐渐感到了痛觉。

不是一刹那尖锐的痛，而是一波波涌上来的阵阵钝痛。

迷蒙的水雾渐渐蒙上双眸，恍惚间，她好像看到妈妈正站在校门口，向她微笑着招手。仿佛汹涌的河水刹那间决堤，眼泪不受控制地涌出来。

就在这时，一只手轻轻地拍了拍她的后背。林依然转过身，眼睛里一派氤氲着的湿漉漉的雾气。

是倪楚楚。

刚才，倪楚楚看着林依然跟跄而去的背影，心里的同情突然喷涌而出。无论是谁，突然被这样的噩耗打击，都会感受到人生无常的残酷。她不放心，就跟了过来。

倪楚楚紧张地问："你没事儿吧？"

这一句话刺中了林依然此刻无比脆弱的神经，眼泪一下子涌出了她的眼眶。

她全然没了平时的冷傲，任由自己丢盔弃甲，把软弱呈现在宿敌面前。

"别哭了，你得赶紧去医院啊。我陪你去吧？"一向粗枝大叶的倪楚楚，现在倒显出了难得的冷静。

林依然一边啜泣一边应了一声。倪楚楚二话不说，拉起她的手向校门口飞奔而去。

坐在出租车上时，林依然已经紧张到浑身发抖。倪楚楚紧紧地握着她的手，安慰着她："你妈妈一定没事的，她肯定有好运气的……"说着说着，她的眼眶也红了。

到了医院，倪楚楚拉着林依然，一路问询急救室在哪儿。

当她俩在护士的指点下找到病房，手握在门把手上还未拧开的一瞬间，林依然的腿都软了。

倪楚楚帮她推开门——病床上躺着刚刚经历了急救的林妈妈。

林依然猛地扑过去，俯在床边，再一次泪流满面。

林妈妈脸色有些苍白，但仍然勉强微笑着："别哭，我没事儿。"

倪楚楚问了旁边的护士，得知林妈妈主要是腿部骨折和部分皮外伤，没有生命危险，这才长长地舒了口气。

林妈妈也注意到了她，轻声招呼她过来，拉着她的手感激地说："是你陪依然来的？真是太谢谢你了。"

林依然不好意思地转过头，刚想开口，倪楚楚主动伸手揽着她的肩膀说："谢什么呀。别客气。"然后，她侧脸凑到林依然的耳边悄悄道："嗯……那天泼水的事是我错，这次算将功补过！"

林依然忍不住扑哧笑出声来。

一大早，倪楚楚的"早间新闻"就向周煦城播报了昨天傍晚发生的事情。

"你陪她去的医院？"周煦城惊讶地问，"你们俩不斗来斗去啦？"

她瞥了周煦城一眼，小声说："斗来斗去还不都是因为你啊，哼。"

周煦城脸一红，装作没听见。

两人沉默了一会儿后，周煦城忽然轻蹙眉头，试探道："如果有一天我走了，你会怎么样？"

倪楚楚一脸惊愕："你要走？去哪儿？"

"逗你玩儿呢。"周煦城话锋一转，"不过，迟早有一天我们要分开的啊。"

倪楚楚若有所思地点点头，忽然想到毕业就在不远的未来……她，周煦城，陆晨韵，林依然……终将各奔东西，不是吗？

课间时，倪楚楚将昨天去医院的事告诉了陆晨韵。陆晨韵淡淡地笑了："除了无休止的争斗，人与人之间的矛盾总有一种更好的方式解决！"她的语调缓缓低沉下来，"要是当初，妈妈能明白过来就好了。"

倪楚楚忙安慰她："你也别想那么多了。放学后我们叫上林依然一起去喝奶茶吧！"

"好啊。"

夏日炽热的阳光映照在陆晨韵的脸上，投下了柔和的光影。她的脑海里不知为何突然迸出一句话：

那些曾深深伤害你的事情，总有一天，你会逐渐把它放下。

"原来学校旁边还有这么精致的奶茶店啊。"林依然坐在奶茶店内，打量着四周，不住赞叹着。

"你整天忙着当学霸，当然没心思看风景。"倪楚楚手捧一杯加冰的红豆奶茶，奶茶的凉度透过杯子沁得手心冰凉。

陆晨韵笑话她："还不是我发现的，你在这儿嘚瑟什么？"

倪楚楚嘻嘻一笑。

"为了我们的友谊，干杯！"林依然主动地举起了手中的奶茶杯。

倪楚楚装着一副老成的样子摇摇头："啧啧啧，人生真是无常啊。前两天我们俩还大吵一架呢，今天居然会这么高兴地在这儿喝奶茶。"

陆晨韵点头："对啊，之前我和你闹得天翻地覆的，最后也和好了。"

林依然歉疚地说："对不起，你的事是我传出去的。"

陆晨韵笑笑："一切都过去了。干杯吧！"

几杯奶茶在空中碰触，透明的奶茶杯折射出七彩的阳光与灿烂的笑靥。

第十章

星期六，倪楚楚睡了个大懒觉。热辣辣的阳光已经扑进窗玻璃，照得屋里的一切都十分敞亮。她拿起床头的蓝色笔记本随手翻着，心中暗暗感叹着时间流逝之快。似乎只是弹指一挥间，陆晨韵与她不再形同陌路，林依然和她之间也不再剑拔弩张，连林妈妈也拄着拐出院了。

好像在这个蓝色笔记本上记载的事情，都已经在时间的流逝中慢慢解决了——除了"星辰"的事——不过倪楚楚不想再追查下去了。她打定主意，不管星辰是谁，都不会影响她对周煦城的态度。

隐隐约约地，楼道里传来吱吱嘎嘎搬东西的声音。倪楚楚受不了这噪声，便起床走出家门，看看到底怎么回事。

楼道里已经堆得乱七八糟，几个穿着搬家公司服装的人不断往电梯里搬东西，场面拥堵混乱。

是哪户人家在搬迁呢？倪楚楚正在纳闷。一抬头，看到周家的门大开着，屋里已经空荡荡的。周煦城站在门口，安静地看着她。

倪楚楚不敢相信眼前的一切。

"这是在搬家吗？怎么回事？"她声音都发颤了。

"嗯……我爸的总公司调他去K城工作了。"周煦城的声音低而沉。

"去K城？"倪楚楚难以置信，"全家都去？"

周煦城默默地点头。

倪楚楚觉得似乎一颗陨石直击心底。

电梯门开了。

"K城……不远，以后还可以见面。"周煦城努力挤出一个微笑，"这个给你。"他轻轻将信封往倪楚楚手中一塞，转身走向电梯。

电梯的门缓缓关上，倪楚楚的泪也缓缓地流了下来。

不知过了多久，倪楚楚才如梦初醒般地追下楼。可是已经晚了，周煦城刚好钻进小轿车内，似乎感应到什么一般，回头看了一眼。

明明隔得那么远，可是倪楚楚还是感觉，他的嘴角微微上扬，留给她一个微笑。

失魂落魄的倪楚楚无力地在楼前的台阶上坐下。她想起手中的信封，忙拆开来看。

楚楚：

你看这封信时，我已经在去 K 城的路上了。

你是我见过的最没心没肺、活得最快乐的女孩儿，为周围的人，也为我的生活添染了很多快乐。

在相处的这段时间里，我们一起经历了太多事情。有开心的，有失落的，有幸福的，也有不幸的。很多次我陪你一起欢笑，也有很多次我明知道你在伤心，却没能好好安慰你。那是因为我实在不知道该说什么。

我知道你对"星辰"一直耿耿于怀，还以为是林依然……其实，这个人并不存在，是我虚构出来的。你问我是否有喜欢的女生的时候，当时我只是想逗逗你，也想试试看，如果我告诉你我有喜欢的人，你是不是就不会来"纠缠"我了。所以我就编出"星辰"来搪塞你。这个名字是我临时想到的。没想到第二天你就生病没去上学，我挺后悔的。本来打算去你家把真相告诉你，但是你居然神奇地又恢复了乐观的状态……我就这么将错就错下去了。不过，如果我真有了喜欢的人，我是会把她称作"星辰"的。

请原谅，我不希望把离别搞得那么悲情，所以没有提前告诉你。写到这里，我想到一句话，你我共勉：

所有的离别，都是为了更好地相遇。

看到最后一句的时候，倪楚楚潸然泪下。

手中的信封不经意间滑落，从信封中掉出一张卡片。她捡起来看，上面写着一行英文字：

You are my star.

明亮的夏日里，闷热的楼道间，是谁忽略了热意，忘却了离伤，轻笑起来?

东篱把酒黄昏后

"表叔，你家在哪儿？"盈袖把头探出大卡车的窗外。

"就是前面蓝墙绿顶的那幢房子。"表叔一只手搭在方向盘上，一只手指着前面不远处的一幢漂亮的楼房。

盈袖向四周环视着，发现不只是表叔家，整个花落村的房子都是清新亮丽的颜色，配着远处的山峰，显出一派诗情画意。

"表叔，你们村子好漂亮啊。"盈袖讶异地叹道。

"没想到吧？"表叔呵呵笑着，"现在政府搞新农村建设，我们乡下可和以前大不一样了！"

说话间，车子已经开到了家门口。表叔"吱嘎"一声停好车。"暗香，快出来，盈袖到了。"

大门打开了，走出来一个小麦肤色、相貌清秀的少女。两个女孩儿对望着，不约而同地露出了微笑，彼此眉眼弯弯的样子，几乎是一个模子刻出来的。

没错，暗香和盈袖其实是一对亲姐妹。但暗香出生时，爸爸妈妈刚从农村进城，正是最困难的时候，于是他们咬咬牙，把她送回乡下寄养在表叔家。而盈袖出生时，父母已经开办了自己的企业，在城里逐渐站稳了脚跟。现在家里富裕了，爸爸妈妈就想把暗香接回来。可是毕竟暗香在表叔家生活了这么多年，突然说让她回来，她能不能接受呢？于是，爸爸妈妈就让放春假的盈袖先去表叔家看看。

所以，盈袖在10岁这年的春天，开始了花落村之旅。

第一天

"暗香姐，快来看！"刚吃过早饭，盈袖就从包里掏出iPad mini，打开她早就准备好的"世界一日游"PPT，里面有很多国家的图片和简短介绍。她估计暗香在乡下应该没见过什么世面，这个PPT肯定能让她大开眼界。

暗香果然看得津津有味。可正当盈袖为自己的"先见之明"暗暗自得时，暗香突然冒出一句话："盈袖，你介绍巴黎的资料是不是搞错了啊？这张图不是埃菲尔铁塔，而是东京铁塔！"

盈袖仔细看了看，吐了吐舌头。"你知道得不少嘛。"她忍不住脱口而出。

"网络时代，城市和农村完全可以信息共享、生活同步啊，足不出户也可以遍游天下呢。"暗香笑着说。

盈袖不由得对暗香刮目相看。

第二天

午后，暗香和盈袖坐在河边的大青石上，手里各拿着一个小小的树叶卷，里面包着几朵新采的不知名的香花。暗香说那叫"茶曦草"，把它晒干了，什么水经它一泡都芬芳甘甜。

"小鱼！"暗香突然一声惊呼。清澈的河水里，几尾小鱼倏忽游进了水草丛里不见了。

"前几年，村里为了赚钱，乱七八糟地办过一些工厂，结果把河水污染了，连河边的土壤都遭了殃，什么都没法种。后来，政府专门进行了治理，把一些不合格的厂关了，还派了很多专家，帮村民们搞生态养殖，我们的河水就又清了。"暗香淡淡地讲述着。

听了这些乡村往事，盈袖再望向乡村的田野，觉得更加心旷神怡。不知是什么花开了，气味也出奇地好闻。不知不觉地，在城里一直困扰盈袖的鼻炎，来花落村后，居然不治而愈了。她忍不住深深地呼吸着。

暗香侧过脸："盈袖，你觉得这里好吗？"

"好！青山碧水，空气清新，比城里的雾霾天好多了！"盈袖回答得毫不犹豫。

暗香笑着从脚旁摘了一朵花，夹在自己的耳边。

第三天

黄昏时分，表婶做了满满一桌好吃的，把饭桌摆在了自家的庭院里。表叔自斟自饮，悠然自得。

夕阳的余晖映着院墙上丛生的几簇野花，盈袖不由得随口吟出前些日子刚看过的词句："东篱把酒黄昏后……"

"有暗香盈袖。"暗香默契地接了下句。

两个人会心一笑。

"盈袖，乡下还住得惯吗？"表叔亲切地问道。

"住得惯！我都舍不得走了呢。"

表叔哈哈大笑："那你就留下来，和暗香一起当我的女儿吧。"

"暗香姐，你……到底要不要跟我回去？我可以替你跟表叔说……"盈袖试探地低声问道。

"我想回去，但又不想回去。"

"为什么？"

"我当然想去城里和爸爸妈妈一起生活。可我也想留在表叔表婶身边，毕竟他们养了我这么多年。再说，你不觉得吗，城里的很多东西这里都有，但这里的很多东西是城里没有的。"暗香边说边把一小筐色泽鲜亮的草莓递给盈袖，"尝尝看，咱家自己种的。"

草莓甜美的汁水充溢了暗香的嘴巴。

两个人都沉默了。

第四天

和来时一样，盈袖又坐上了表叔的大卡车。车后厢里，满载着刚从田间山头采摘下来准备运往城里直销点的各种新鲜果蔬。

"暗香姐，我走了。"盈袖依依不舍。

"这些茶曦草你带回去给爸爸妈妈泡茶喝。"暗香递过来一个纸包。

"暗香姐，再见。"

"盈袖，再见。"

盈袖说不清，暗香留下来的这个决定对不对。但暗香的神情，看上去那么淡定。

车子启动了。"我会再来的。"盈袖默默地在心里说。

只恨洛阳落阳早

没人知道那天的洛阳发生了什么，只是很多人都遇到了什么，有人去追，而有人则慢慢放下。几十年之后他们回忆起来，才发现那个梦的影子被夕阳隐去了。他们说："那天的洛阳，天暗得太早了。"

"我见过她的。"我很肯定地对母亲说。要么是在洛阳城的某条小巷，要么是在哪个小店铺旁，或者是在别的地方，总之一定是见过的，在哪里见过的。

母亲皱着眉头看我。

我知道她不信。其实我自己也不信，一个在熙熙攘攘的人群中擦肩而过的女孩子，最多也只有一面之缘。怎么就认识了？还好像有之前的缘分。

但是这又是千真万确的事情，因为那个女孩子也回头看我。很少有女孩子在大街上走，有也大多是那些出身低寒的纺织或者采茶姑娘，可是她不一样。我很清楚地记得她的钗子：斜斜地绾着微松的发髻，是金的，露出来的那半截还挂着玉饰，雕着很精细的花纹，大概是吉祥如意或者龙凤呈祥吧。

更让人惊奇的是她回头看我，很认真地看了很久。母亲听到时长叹了一声："你可别是遇上了什么不干净的姑娘，哪有这般盯着人看的？说不定是看上你衣着华贵，起了攀附的心思，你还痴痴地追溯前世姻缘呢。"

我说："她是认出我来了，我也认出她来了。您去帮我求一求，我是真的想找到她。"

母亲脸色冷峻起来："你不要想，这万万行不通。且不论怎么去找，咱们家人多手杂的，要是传出去赵家的二公子痴痴地找一个民女，还不被人笑话死？你爹知道了，也定饶不了你，你还是尽早死了这份心吧。"

我那时很执拗，非要找。其实我也不知道自己为什么要找，她的出现，好像碰到了我记忆里的哪个地方。我那时想，我这么规规矩矩地活了十多年，还不能稍微任性点儿，找个女孩子？

后来父亲狠狠打了我一顿，他亲自拿的竹棍，我一个月没下得去床。我生来是怯弱的，他这一打，我最后一点儿气焰也没了。那个金钗镶玉的影子，也慢慢消失了。

那是多盛大的一场集市，她和我就那么擦肩而过，像是我花了15年，终于做出的一个梦。只是那天天黑得太早了，她拐个弯，就在巷子尽头不见了。我不敢上前抓住她，于是我慢慢看着她隐没在夜色中。

　　我慢慢品一口茶，那个时候真是年轻不懂事，不过是个虚无的影子，寻得到有什么用，寻不到又有什么干系？我翻着书。今年一定得录了榜，虽说"五十少进士"，但赵家的公子怎么也不能落个纨绔之名。

　　油墨字中似乎又出现那个金钗的影子，我伸手挥了挥，它像一阵烟，娉婷地消失了。

林子的夕阳

夕阳为天边染上金黄，树影婆娑，被镀了层金边，变得有质感起来。10岁男孩儿林子躺在村子后山坡那片林子的土地上，嘴里叼着一根狗尾巴草，眯着眼睛看夕阳。

这是林子的夕阳，也是林子的夕阳。

林子从小到大最喜欢看的，就是夕阳。亮堂堂的，落下去的时候黄澄澄的，像妈煮的土鸡蛋，每天早上都有的吃，可好吃啦。林子舔舔嘴唇，突然觉得肚子饿了，眼瞅着夕阳也要没了，干脆一骨碌从地上爬起来，吐掉草，打算回家吃晚饭。

这片林子离家怪远的，还得走好久哩。林子想着，脚下踢着小石子儿，一路上跟张小梅家的狗斗两句嘴，同李二伯家的猪哼唧几声。林子的心情不错，时不时咧开嘴笑着，露出八颗白牙。

林子一边走一边哼着跑调了的歌。正哼着呢，他忽然看到不远处出现了一个女孩儿的身影。林子仔细一看：粉色的丝带发箍，粉红的蕾丝边小洋装，一双有白色蝴蝶结的小皮鞋，一顶樱花色的小帽子——脸那么白，还要戴帽子吗？林子不明白，只是觉得这个女孩儿从上到下，包括她拖着的那个玫红色小箱子，都很洋气、很有派头。

女孩儿朝他迎面走来，她身边还有一个有着棕色鬈发的女人。林子与女孩儿走近了些，看见那女孩儿皱了眉头，然后对女人说了些什么——林子听不清。那女人回女孩儿的话他倒是听清了，可惜那是标准普通话，他都没听太懂。女孩儿的声音很甜，长得也很好看，林子并没细听她的话，只觉得那甜软的声音是他所听过最好听的。

"王婶哎，听说这两天俺们村小学从城里新来了个支教的女老师，小孩儿都喜欢她咧！"

"是，那女老师可好看了，身上还有股香味儿，好像还带了个闺女来嘞！"

林子背着书包，耳朵里偶然撞进这样的两句闲聊，心里美滋滋的。

新来的女老师叫叶桃天，好像是选自《诗经》里的什么诗。叶老师教林子他们班的语文和英语，还兼着隔壁班的语文老师。而她的那个闺女分到林子班里来了。女孩儿叫周宛央，名字好像也是选自诗里的。班主任给周宛央安排的座位就在他前边，他林子真有福气。想到这里林子就开心。等会儿见着周宛央，他说什么好呢？嗯……

林子到教室时还没上课，却发现自己座位前被里三层外三层围住了。周宛央已经在了，女生们正聚在她身边，用羞涩而艳羡的目光盯着她，或是操着一口不标准的普通话问东问西。

郑菲菲说："宛央，你的裙子真漂亮，花边也好看，哪里买的啊？"

"在一家很大很大的服装店里买的，好几百块钱呢。"

"好几百块钱呢"顿时掀起一阵高分贝的惊呼。

张莉说："我可以摸一下你的裙子吗？"

"不可以，要脏的。"

李晓媛说："小央，你头上的发箍好漂亮啊，能拿下来让我们戴一下试试吗？"

"它很贵的，人家好喜欢这个发箍的，弄坏了怎么办？"

女生们互相看一眼，似乎学到了什么新东西，顿时"人家""人家"满天飞。

喊，这个"人家"要在周宛央嘴里说出来才对味儿！你们这张脏兮兮、黑黢黢的脸，说这句话一点儿也不搭调。林子在心里撇嘴。

嗯，对了，他要和周宛央说话来着！林子忽然想起这件事。周宛央是新同学，而且还这么漂亮……他，他不能不说话呀！林子想说话。他张了张嘴："周，周，周……宛，宛央……"不知道为什么，说到后边儿声音就小了下去，脸上一红。正在兴致勃勃聊天的女生们当然没注意，倒是同样不敢说话的男生们，五十步笑百步地嘲笑他。

转眼间周宛央来他们班已经两个星期了，女生们渐渐对她的衣服失去了兴趣，男生们倒活跃起来了。也不知道是什么原因，这个来自城里的干净、漂亮的小姑娘，就是让林子他们忍不住喜欢。如此一来，反而是女生吃起醋来了：男生们都和"城里人"玩去了，都没人跟咱玩啦！城里人，城里人有什么好的，她明明连包心菜和白菜都分不清！她们这样想着，忍不住因为嫉妒在背后叨叨两句。

这个"城里人"成了林子班男生的偶像。放学时，一群人跟着她走，或者陪着她玩儿。而林子每天仍然去看他的夕阳。并不是说林子不喜欢周宛央，他也想像别的男生一样，放学和她一起玩儿。他更想的，是请周宛央和他一起去看林子里的夕阳……可是，周宛央会答应吗？林子心里没有底。万一她直接拒绝了，那可就糗大了。林子思来想去，想出了一个办法。

星期六，林子一大早就起床了。

"爸，地里杂草要拔吗？"

林爸怀疑地看了林子一眼：他儿子平常才不关心这个："要的噻。"

林子高兴地露出那八颗白牙："我去拔了咯！给两块钱，行不？"

林爸笑了：这孩子什么时候这么爱赚钱了？不过给两块

钱嘛，也没啥的，正好休息一会儿。"行，你去……"话还没说完，林子就跑去自家地里拔杂草去了。

"妈，碗盘我来刷，五毛！"吃完饭，林子又主动请缨。

"爸，猪要喂不？这个一块，不多嘛！"

……

忙活了大半天，大小活儿都干，林子赚了五块钱。

林子特别高兴，捏着手里的几张纸票，跑去了村里最大的超市。

嗯……这个好看。不对，这个有朵花，太土了！那就这个？粉红色的挺适合她。也不行，这个又有蝴蝶又有蝴蝶结的，太晃眼。这个不错！嗯，还镶着亮晶晶的小水钻，橙色的，穿着小星星。

林子从货架上拿下手链，刚好是五块。

他又露出了八颗招牌白牙。

"丁零零……"放学铃声响了。林子看着周宛央那根又长又黑的马尾辫在他面前晃来晃去，忍不住心潮澎湃了一阵子。

"周宛央，我送你个东西！你能答应我一个请求吗？"林子眨了眨眼睛。他林子真聪明，单独说周宛央有可能不答应，送她一条这么好看的手链，她肯定就答应了嘛。到林子里之后她看到那么好看的夕阳，肯定很喜欢，说不定对他的印象也会很好呢！林子心里打着小算盘：手链好看，夕阳更好看，周宛央一定喜欢！

周宛央接过手链，翻来覆去看了好多遍，最终皱起眉头。"好难看啊。"她轻声嘟囔。很快，周宛央意识到了自己语气的不对，连忙摆手："啊……不是……你有什么请求？"

　　"放学后，你和我去看夕阳好吗？"周宛央的神情让林子有点受打击，但他还是鼓起勇气说了出来。

　　"夕阳？"周宛央有点意外，她看看手里的手链，犹豫了一下，"好吧，我陪你去好了。"

　　林子刚才还有些不高兴的心情立马烟消云散。

　　林子领着周宛央去了小树林里。林子找到每天都来的这个最好的位置，示意周宛央坐下。

　　周宛央又皱起了眉，对林子说："这地上，多脏啊。"

　　林子脸红了："这个地方看夕阳最好看了。"

　　"好吧。"周宛央撇撇嘴，从包里拿出面巾纸铺好坐下。

　　等了好久，夕阳都不见来。林子习惯了：夕阳迟会儿到很正常。周宛央却不耐烦了："林子，夕阳怎么还不来？"

　　林子笑呵呵道："很快就来了，夕阳迟到了嘛。"

　　话音刚落，那一幕光耀景象就出现了。须臾间霞光万丈，圆溜溜的落日一点点弹下天空，顿时天空一片金黄。

　　林子入迷地看着，耳朵间却窜入一句："我已经陪你看了，我回家了啊。"

　　周宛央把手链还给林子。林子目瞪口呆。

　　不应该是这样的啊……林子伤心地看着周宛央的背影，

想了想，在周宛央坐过的地方挖了一个挺深的坑，把手链埋了进去。

抬头看看天，夕阳没了。

学期结束了，周宛央和她妈妈回她们的城市了。她走了之后，林子班并没有发生什么变化——除了男生们伤心了几天之外。郑菲菲仍然每天都要穿裙子，张莉仍然爱翻白眼，李晓媛仍然是个小个子。班级里的一切似乎都从未改变。

只有林子知道，周宛央是他第一个感到"喜欢"的女孩儿，也是他第一个觉得"不好"的女孩儿。夕阳是陪他长大的风景，是他最喜欢的东西，不喜欢夕阳的人怎么会"好"呢。

后来林子长大了，上了初中、高中、大学。每次回家，他仍然会去那片林子看看夕阳。

他躺在土地上，看着夕阳。似乎和小时候一样，那样欣喜地看着。

这是林子的夕阳，也是林子的夕阳。

阳光如刀

1

我从不知道村子旁还有这么一个地方。

哪怕我曾踩遍厚实的田野，田野上的麦子黄澄澄的；哪怕我曾蹚遍清澈的小溪，水流细细地钻过脚趾缝；哪怕整个村子都被我转悠过，我也不知道有这么一个地方。

妈妈不乐意我乱跑。她说村里丢失的孩子，一半都是因为到处乱跑，跑迷了路，才再也回不来的。我不信，天底下哪会有这么傻的小孩儿呢，无论到了哪里，原路返回都是很简单的事情呀，哪会把自己弄丢了呀。

不过，这大半年来，的确发生了一些古怪的事情，村里陆陆续续丢了好几个小孩儿，听说附近几个村子也是这样。这些失踪的孩子，哪儿都找不到。

但我还是不想听妈妈的话，她这是在吓唬我呢。所以呀，我趁她不注意，就会溜出家门，到处乱跑。村子周围的每一个地方，都印下了我的足迹。

说起来——我以前也并不是一个人乱跑的。我曾经喜欢去各个地方玩儿，但都是和阿迟一起。阿迟很聪明，什么主意都是他出的。我们一起去爬树，一起掏鸟窝，一起偷邻居家果树上的果子……阿迟每次都能想出新花样来。我跟着他，玩得很尽兴。

村里的老老少少都说阿迟很聪明，是个机灵鬼。我只不过是他的小跟班。

可是记不清是从哪一天开始，阿迟也不见了，谁都不知道他去了哪儿。

从那以后，我就整天一个人到处乱跑，村子里的人啊，好像这才注意到我突然长得这么高了。

如果那天早上，那只小鸟儿没有忽然飞进我的屋子里，我可能永远也不会知道，村子旁还有这么一个地方。

我家住在山的半腰上，屋后面有几棵小树，常有小鸟儿在枝丫间叽叽喳喳的。那天早上，我还没起床，就听到一只小鸟在绿叶之中叫起来。它叫得可响亮了。然后它从窗户飞进来，又飞出去。

它来来回回地飞进飞出。我忍不住从床上爬起来，穿好衣服，追着小鸟跑出去。这只鸟很好看，翘着一根靛蓝的尾羽，我要是能抓住它，村里的小孩儿们肯定会羡慕死我了。

以前，阿迟在的时候，村里的小孩儿常常聚在一起斗鸟儿玩。阿迟抓来的鸟儿永远都是最好看的，有鲜艳的颜色，或者灵巧的小翅膀。我却总是抓不到鸟儿，偶尔运气好抓到一只，也不过是难看的小麻雀。我总被他们嘲笑。阿迟常常把他抓来的鸟儿分给我，我既高兴，又不高兴。我要自己抓到一只好看的鸟儿。

阿迟走了之后，村里的那群小孩子就开始围着我了。我知道，这是因为我是他们崇拜的阿迟的最亲密的朋友。于是我成了他们的新头领。我很开心。

但是我直到现在，也还没能够像阿迟那样，抓到一只好看的鸟儿。

——那只鸟儿扑棱着翅膀往远处飞去。我紧紧盯着它，拼命地追。

它飞得很快很快，我差点儿就追不上它。

不知道飞了多久，它终于停了。

2

鸟儿停在一个山洞前，洞口黑黢黢的。看到我盯着洞口发呆，它扑扇着翅膀悄悄飞走了。我愣愣地看着那个山洞——

我不记得村子附近有这样一个地方，也从来没有听别人讲过。可是我又很确定，刚刚跑的那段距离，绝对不至于离村子太远。

我有点怕，本能地想转身回家，但想了想，还是小心翼翼地探进洞口去。

洞里面很黑，但隐隐约约地，在难辨距离的纵深处，有一点儿微弱的亮光。我摸索着向着亮光走去。

似乎走了很久，我终于来到亮光处，愕然地发现竟然是一个小男孩儿，手里拿着一根微燃着的木柴，哆哆嗦嗦地坐在山洞的一角。我问他这是哪儿，他是谁？他没有应答，似乎意识早已沉睡了过去，只有身体还维持着一线生机。

我试探着伸出手，拍拍他的肩膀。好半晌，他才有气无力地抬起手，朝里面指了指。

我顺着他手指的方向看去，朦朦胧胧的，又有一处亮光。

我壮起胆子，又向另外的亮光走去。随着越走越近，那一小点的亮光，慢慢放大，直到近前，原来是一大团火焰。有十几个孩子正围在火焰旁。

我慢慢接近他们，看到了一张我再熟悉不过的脸庞。

"——阿迟？"

阿迟听到我的声音，疑惑地抬起头，眼睛里闪出惊喜的神色，却没有说话。我接着又打量起了围在火堆旁的那群孩子——石头、小木、明子——这，这不都是村子里陆陆续续失踪的孩子吗？

这到底是哪儿？

我惶然地四下张望，却已经找不到刚才进来的地方，身后变得黑漆漆的一片，没有洞口，没有光。

"别看了，你是找不到出去的路的。"阿迟冷冷的声音传来，"坐下吧。"

我似乎得到了指令，滞笨地转过身子，在火堆旁坐下。

"这个山洞，我们叫它无口洞。意思就是，没有洞口。"阿迟拨弄着一根小树枝，把它塞进火焰底下去。

"我是半年前来这里的，那时候这儿已经有三四个孩子了。我当时和你一样害怕，努力想跑出去。我和那几个孩子一起，在洞里找了很久很久，可是根本找不到洞口。找了很多天以后，还是看不到有什么出去的希望。慢慢地，我们就断了出去的念头。"

说到这里，阿迟无奈地笑笑。

"可是……这不可能啊……怎么可能会有进来了就出不去的山洞呢……"我难以置信地摇摇头。

"这个山洞太黑了，也太大了。后来，就接二连三地有孩子闯进这里。他们进这个山洞的原因千奇百怪，但是每一个人进来后，都找不到自己来时的路了。"阿迟盯着火焰悠悠地说。

我盯着火焰，发愣。

3

洞里有很多干燥的木渣、树枝等，没人知道它们是从哪里来的，它们也似乎永远用不完。

阿迟教我生火，用一根树枝钻另外一根粗一点儿的，钻一段时间，就会有一点儿火星子跳出来。

洞里还生长着很多菌类，有些可以吃，他教我怎么识别它们。

阿迟什么都懂。

我不愿意放弃对洞口的寻找。既然能进来，就一定有地方能出去。但这个洞实在太大、太大了，我兜兜转转，甚至有几次险些找不到阿迟他们。

我也渐渐发现，阿迟是这十几个孩子的头儿。对啊，他是阿迟啊，无论在哪里，他都能统领所有人。但是我总觉得，阿迟好像是在控制这些孩子。

我每次去找洞口的时候，阿迟总是一副不太高兴的样子。我问他："你不想找到洞口，出去吗？"他有些支支吾吾的，总说找不到的找不到的。石头和另外的一些孩子也想跟着我去找，却总被阿迟凌厉的眼神吓得退缩回去。

一起去寻找食物时，我问石头："你们为什么那么怕阿迟？"

石头闷闷的，低下头看脚尖。

我又问了他一遍，他仍然不说话。

安静了很久，石头突然结结巴巴地说话了："如果谁不听他的话，他就会不给他东西吃，或者把他赶走，让他一个人去自生自灭。我，我们都不敢……

"阿迟……他很聪明。在他来之前，大家每天都为了抢东西吃而打架，但是他来了以后，就是他说了算了……一开始有人不服他，他就直接一拳打过去。谁都打不过他，就没有人敢反抗了……以后再进洞的人，也这样一个个地被他收服了……所以渐渐成了现在这样。"

石头接着说："阿迟定了很多规矩。比如说不能自己去寻找洞口，不能独自离开队伍，不能自己点火，只能和大家一起，必须服从他的命令……"

我忽然想起了刚进山洞时遇到的那个手执木柴的孩子。

我知道阿迟聪明，阿迟优秀。可是，凭什么阿迟就能有那样的权力，让所有人都服从于他？现在我和他之间，可能因为有以前的感情在，所以他虽然对我不满意，但还没有处罚我。如果有一天他不高兴了，是不是我也会落得跟那个孩子一样的下场？

我不敢想下去，只是觉得头嗡嗡的，很疼。

我突然想，不管是以前还是现在，我一直都是不起眼的人，哪怕曾经引起了一些注意，也是在阿迟离开之后。只要有阿迟，我就什么也不是。阿迟，太耀眼了。

4

我依旧每天都去找东西吃，借机悄悄地去探寻洞口。但是石头说的话，像定时炸弹一样深深埋藏在我心里，只等一个特殊的时机将其引爆。

——那个手执木柴的孩子终于回来了。

他的脸上灰扑扑的，脸色苍白，没有一点儿血色。

阿迟冰冷地看着他。

那个孩子颤抖着，对阿迟说："求求你……我错了……"

他乞求了很久，而阿迟仍然不做回应。

我看着那个可怜的孩子，突然有一股愤怒涌上心头。我站起来，叫道："阿迟！"

阿迟惊诧地看着我。

"你凭什么让所有人都这样听你的，求你啊？"我吼着，"就因为不听你的，就要接受这样的惩罚吗？"

所有人都得听他的吗？所有人都要被他的光芒掩盖吗？这到底是为什么，凭什么啊？就因为他聪明，他强势吗？那个孩子做错了什么？我又做错了什么？凭什么我也要被阿迟永远地遮挡啊？凭什么哪怕我在外面拥有一切，遇到阿迟之后就又什么都不是了啊？

我和那个被驱逐的孩子，又有什么区别？

阿迟阴沉着脸站起来："我告诉你，你们没有我绝对不行！是我制定了规则，是我让你们不会饿死或者冻死！你有什么资格这么和我说话？"

我没有资格和他说话？我一拳打了过去。

我们俩扭打起来。我的力量从不逊于他。只不过一直以来，我都是他耀眼光芒下的影子。在他面前，我总让自己蜷缩在一个孱弱的壳里。

我迅速地找到了他的薄弱点，然后狠狠地打下去。

阿迟被我打出了鼻血，重重地倒在地上。

但是阿迟突然笑了。他说："你来试试看吧。"

5

我成了这群孩子的头领。他们像当初听命于阿迟那样，听命于我。

阿迟什么也不说，只是嘴角带着莫名其妙的笑意看着我的所作所为。

我不明白他在笑什么。

我取消了阿迟制定的规矩。每一天，我都会派两个人去寻找洞口，派两个人去寻找食物，两个人去寻找柴火。我很高兴，在山洞外面好不容易得来的一切，我重新得到了。

石头也悄悄告诉我，他们觉得我比阿迟好多了。

我想，我终于超越了阿迟。

别人对自己言听计从的日子，真的太好了。

就连阿迟，有些时候都只能看我的脸色。

不知从什么时候起，我突然隐隐地希望，他们永远都找不到洞口。这样，我现在的生活，不就能永远继续下去了吗？

这个念头在黑暗里悄悄吞噬着我的心。

日子这么一天天地过去，反正山洞里的生活，没有白天黑夜。

不知道过了多久，突然有一天，两个孩子跑着跳着过来告诉我："我们找到洞口了！"

洞口？

怎么会找得到洞口呢……

我觉得这一切都像是假的一样，那个我们一直在寻找的、似乎根本不存在的洞口，怎么可能被找得到呢？

我跟着他们走，七转八转，有一大束光忽然射进来。那个洞口，明明白白地敞亮着。那个我朝思暮想的来自外面世界的阳光，闪疼了我的眼睛。

我突然就叫起来："你们不要出去！不要出去！……"

石头不解地问我："为什么啊？"

我嗫嚅着，说不出话来。

他们一个一个迫不及待地冲了出去。

最后一个是阿迟，他用怜悯而嘲讽的眼神看了我一眼，向洞口走去。

我像头困兽般地号叫起来。

那个曾经在我眼里无比光辉、充满着希望的外部世界，突然就尖锐地刺穿了我的一切。

阳光如刀。

花中人

夜色浓郁得沉闷，天幕中渐渐燃了星光，迸发出点点明亮，反而衬得这夜越发寂寥。

阿月沿着小路慢慢走着，偶尔拨一拨路边沾着浓露的灌木，露水洇湿了她的手指。她随手摘下一片叶子，举在月光下端详，叶片上的露珠晶莹剔透，如她那一双黑白分明的眼睛。不过——那双眼睛只有黑白分明罢了，就像这露珠只有晶莹剔透罢了。她的眼睛里没有别的，只有黑与白，没有明艳的神采，没有欢悦亦没有悲伤。很难想象这样一双干净冰冷得无法描述的眼睛，是真真切切存在于这个杂乱的世界上的。

她不知道自己要走向哪里，她只知道自己的名字，阿月。

月光轻轻柔曳出一地粉碎的影子，阿月踏影走着，空洞的脚步声极有规律地奏响。她的身旁轻巧地跃过一只猫，猫用碧绿的双眼猛地回眸看她，那眼睛里带着些惶恐与好奇，但不一会儿它又往刚才的方向溜走了。"连猫都知道自己要去哪里，我却这么茫然无措。"阿月皱皱眉头，擦干净手上的露水，继续向前走。

以前的记忆是7月的凉风，热气一触即散；而现在的脚步是11月的雨滴，连热气都没有了。阿月觉得她突然想到的这个比喻很精准地表达了此刻的心境，虽然她也说不太明白，所谓的"热气"具体指什么。

走着走着，阿月忽然看见漆黑的天际下有一片幽雅的微光。那微光不像是灯火，不像是星光，亦不像是什么烟花。那光浅浅淡淡又恍恍惚惚的，像荧光棒缤纷的一圈光晕。她觉得那光极美，便跑了过去。

那竟是一片美得让人目眩的花田！阿月身不由己地一步步迈进花田深处。那些花阿月从没见过，婀娜多姿却又不顾影自怜，明艳动人却又不故作姿态。而那一片片缤纷的光晕，就是花瓣上发出来的点点荧光。阿月忍不住伸手抚向离她最近的一片花瓣。

几乎是一眨眼的工夫，花心里忽然跃出一个小人儿来。月光在他的面颊上洒下点点清辉，映得他的肤色皎白如雪。

阿月吓了一跳，微微皱了皱眉，嘴欲张，又不知该问些什么，愣愣地定在当场。小人儿倒是笑了，栗色的头发被微风轻轻吹动："你好。"

"哦……你好。"阿月笨拙地应道。

"你的眼睛真好看。"小人儿眯起眼温暖地笑着。

阿月一愣，眨了眨眼睛："……谢谢。"她不知道面对这个小人儿该说什么，只好这么僵硬地回答了。

小人被她拘谨的神情逗乐了，"扑哧"笑出声来。笑了一会儿，他说："你真奇怪，无论脸上什么表情，眼睛里却什么变化都没有。"

阿月一愣。小人用手指着她的眼睛："你看，你现在明明是愣住了的表情，但你的眼睛还是和刚才笨拙的时候一样，一点儿变化都没有。"

"哦……"阿月也不知道该说些什么，她从来没有仔细看过自己的眼睛。

"好了，我们不聊这个了。"小人依旧是笑眯眯的，"我叫亚栗。这三更半夜的，你敲我的门干什么？"

"亚栗？栗子的栗吗？"阿月笑了，"你的头发颜色还真像栗子。"

"啊……你是在笑吗？"亚栗仔细端详着她，"没有半点笑意的眼睛真是古怪呢。"

阿月耸耸肩："是吗？我不觉得……眼睛嘛，没什么重要，反正不管它有多美，最后总是要永远地合上的。"

"你怎么会有这样奇怪的想法？"亚栗在花瓣上坐下来，表情仿佛很困惑，"你不会就是因为这个想法来敲我门的吧？"

"不是啦……"阿月摇摇头，"我只是出来散步，也不知道怎么回事就来到了这里，不小心碰了碰花瓣。花瓣是你的门？"

"是啊。"亚栗轻轻触摸着花瓣，"我就住在花心里。我是花中人。"

"花中人？"阿月第一次听说，惊奇地看着他。

"你不知道我们吗？"亚栗也惊奇地看着她。

阿月摇摇头，又向四周环视了一下："这片花田里只住着你自己吗？"

"是，也不是。"亚栗点点头又摇摇头，"以前，每一朵不同的花里，都有一个像我这样的花中人。但现在，就只有我了。"

"为什么？"阿月疑惑地问。

"你……不是来治眼睛的吗？"亚栗露出一副难以置信的表情。

"你能治眼睛？"阿月惊讶地挑眉。

亚栗点点头："嗯……我们花中人，是擅长医治眼睛的精灵。"

阿月眯起眼，不自觉地用手抚摸了一下眼皮："难道你们能让盲人重获光明？"

"这只是表面的理解啊。"亚栗很认真地说，"眼睛嘛，人们都说它是心灵之窗……我们所擅长的，就是清除掉眼睛里不干净的东西。表面上是治眼睛，其实是治人的心灵。以前人们眼睛里稍微进了一点儿脏东西，就会觉得不舒服，然后就来找我们治疗。我们所有的花中人每天都忙忙碌碌的。可后来，不知为什么，人们似乎越来越习惯了容纳不洁净，

明明眼睛里有各种各样的污秽，却不想清除掉，仿佛它们是理所应当存在的。渐渐地，来找我们的人越来越少，整个花田也越来越冷清了。如果没有眼睛需要医治，花中人就失去了存在的意义，所以别的花中人都陆续搬到很远的地方去了。现在，这里只剩下我自己了。"

说到这里，亚栗叹了口气："你是这一年来，唯一来访的客人。"

"这样啊，真是没想到……"阿月打量着空旷的花田，十分同情他，"不过，我真的不是来看病的啊。我也不知道怎么找到这儿的。而且，我的眼睛里也没有什么不干净的东西啊。"

"是啊，你的眼睛很奇怪。"亚栗顺手拽了一小根花蕊下来，用它指点着阿月，"别人的眼睛，会包含着快乐、悲伤、激动、愤怒……各种复杂的情绪，可你的什么也没有，只是一片冰冷与空洞。我还是第一次看到这样的眼睛。嗯……你平常都在想些什么？是什么原因让你的眼睛变成这样？"

阿月神色索然地在花旁边坐下来。

"不知从什么时候开始，我总在想，无论生活再怎么精彩，人最后终归是要离开这个世界的。每次这么一想，就觉得人生很没意思了。"

"天啊……"亚栗从花瓣上弹跳起来，"你这么小的年纪，这样消极的想法是从哪儿来的？怪不得你的眼睛毫无神采！"

亚栗大惊小怪的态度刺伤了阿月，她的神色随之黯淡下来。她沉默着站起身，准备踏着月光，离开这片闪着荧光的花田。

亚栗看着她一步步远去的背影，不知所措地摇晃着手里的花蕊，过了片刻，他忽然喊道："你回来吧！我想治好你的眼睛。"

阿月转过头，看到亚栗踮着脚站在花瓣的边缘，栗色的头发随着夜风颤动。她的心似乎被柔软的东西碰撞了一下。她犹豫了一会儿，走了回去。

阿月和亚栗一起躺在树下——准确地说，是阿月躺在树下，亚栗躺在她的掌心。树干很高，树冠很大，虽然在夜色中看不清确切的样子，但凭它清晰而硬朗的剪影，就能知道这是一棵挺拔修长且姿态美好的树。树叶密密匝匝的，似乎也散发着一点点微光，但相较于那些花朵的光则显得更加神秘而深邃。

"这是我们族群的一种古老的治疗方法。"亚栗说，"任何人，不管眼睛蒙上了多么厚的荫翳，只要躺在这里，看着树叶的微光，眼睛就会慢慢变得净透。不过，我不知道这对你有没有用——毕竟你的眼睛里不是不干净，而是什么也没有。总之，你先试试看吧。"

"这么神奇？"

阿月欣然地仰望着树叶。那些微光明明灭灭交替着，她仿佛感到心里受到了某种触动，但眼睛里的神色却始终未变。

亚栗在一边看着，期待着奇迹的发生。

过了好久，他失望地低下头去："果然没有用呢……"

他想了想，忽地腾身一跃，似乎身有羽翼一般轻盈地飞上树梢，抱了一片叶子下来递给阿月："你把它放到眼睛上试试。"

阿月照做了，眼睛立马有一阵沁人心脾的清凉。

过了一会儿，她将叶子拿开，把头转过去向着亚栗："有效果了吗？"

"……没有。"亚栗沮丧地揉了揉自己的栗色头发。

"嗯……对了，我这里还有一样东西。"突然，他想到了什么，从随身的一个小包包里掏出一个晶莹剔透的玻璃瓶。

"我曾经听老族长说过，很久很久以前，族群里流传着一个神奇的秘方——只要在春天里的第一个无风无雨的月圆之夜，成功采集到花田里每一朵花上的露水，装进玻璃瓶里密封整整一百天；然后把它滴进眼睛里，就能清除眼睛里的一切不正常的东西。但是，从来没有族人制成过这样的神奇露水。毕竟，春天里，无风无雨的月圆之夜很少，又要采集齐所有花瓣上的露水，就更难了。在过去的一百年里，我每一年春天都会尝试，一直到今年的春天，我才终于第一次采集齐了露水。只是，我还没有试过，不知这个传说是不是真的。要不，你试一试？"

阿月看着亚栗热忱的眼神，轻轻点点头。

她把阿栗托在手心里，靠近眼睛。阿栗从玻璃瓶里小心翼翼地倒出几滴露水，滴进阿月的眼睛。

阿月闭上眼，露水的清凉立刻沁散开来。

过了一会儿，她睁开眼睛——黑白分明的眼睛更加清澈了——却依然没有神采。

亚栗怔怔地看着阿月无神的眼睛，忽然背过身去。阿月以为他哭了，歉疚地用手指轻轻地戳了戳他的肩膀："不好意思啊，浪费了你这么珍贵的露水。你别哭啊。"

亚栗回过身来："我没哭。"他真的没有哭，只是突然感觉好难过好难过，似乎心里有什么东西一下子塌了，"我真没用，治不好你的眼睛。"

"没关系的啊，我本来就没有想过要去治它。我说过，再美的眼睛终究有一天也会永远地合上，就像……"之后的话阿月没说下去，"你不用难过，不要紧的。"

"不要紧？！怎么会不要紧！！"亚栗跳了起来，却一时语塞。

阿月不再和他争辩，靠着树干坐好，把阿栗小心地放在身边的一丛绿草间。

一阵微风拂过，树叶簌簌地响了一会儿，然后四周染上了更深更浓的寂静。

太阳渐渐升起，当第一束阳光滤过叶子的间隙洒在脸上，阿月蒙蒙眬眬地睁开眼——天亮了。

一时间她有些茫然：这是哪儿？昨天晚上怎么了？她难道……在一棵树下睡着了？

阿月揉揉眼睛，感到有人轻轻推了推她。她低头一看，亚栗正费劲地举着一片树叶，抬头看着她。

"用叶子上的露水洗洗脸吧。"亚栗一脸真诚。

昨夜的记忆一下子被唤醒了。"谢谢你，亚栗。"尽管觉得用这么小的树叶上的露水洗脸是件很好笑的事情，但阿月还是忍着笑，接受了亚栗的好意。

亚栗将叶子放在一旁，想了一会儿，说："我想了一夜，终于明白了，你的眼睛可能不是靠外力能治的。"

"哦？"阿月诧异地挑了挑眉毛，"那应该怎么治呢？"

"只有你自己能治。"

"我自己？"阿月皱眉问。

亚栗点点头："你对这个世界充满了消极的情绪。我不知道该怎么开导你。要么……我带你一起去看看大自然的景色吧？"

"亚栗，我只是不小心闯入这里的一个陌生人罢了。而且，我并不觉得眼睛的问题真有那么重要。你没有必要为我做这么多的。"阿月温和地说，突然觉得从昨天晚上开始，自己的心似乎一点点地变得越来越柔软。

亚栗摇摇头："不……我想治好你的眼睛，很想很想。"

究竟有多想呢？他也说不清楚。只是看到那样一双无神空洞的眼睛，心里会隐隐地疼。

亚栗盘腿坐了下来，手轻轻一挥，两人的面前出现了一片海。

海很蓝很蓝，蓝得很纯净，波浪轻轻滑过如绸的海面。阿月的心似乎也随着波浪，有了些起伏。

"真漂亮。"阿月赞叹道。

"是啊，你看，生活就像这大海，有时宁静，有时也会有风浪。但只要开心，我们看到的就是美丽的景色。"亚栗托着下巴说。

"可是……看了再多美丽的风景，以后都会渐渐忘记，都会……死。"阿月有点犹豫地说出了那个沉重的字眼。

"哪怕最终都要死，也要努力活得精彩，这就是人生的意义啊。"亚栗有些激动地说。

阿月低眉，沉默着。

亚栗看了她一眼，似乎了解了她的苦衷。他又将手在半空中缓缓划动着。

"你看，这是一棵树。"

空中出现了一棵青翠的树，枝叶层层叠叠的。

"这棵树不断地长大、变高，然后又慢慢老去。最后，树在一次闪电中倒下了。"亚栗慢慢勾勒着空中的画面，"但是它留下的树桩，会告诉这个世界，它曾经多么高大、茂盛。如果它一开始就自动放弃，不肯努力长高、长大……"空中的画面随着亚栗的手指有了变化，"那么，它怎么可能成为一棵生机勃勃的大树？可能它就会在那场雷阵雨中被连根拔起，连个树桩都留不下。"

"哪怕长成了大树又怎么样？"阿月不以为然，"最后也不过是变成一个树桩啊。"

"你怎么这么说？"亚栗抚了抚自己的头发，一脸不可置信，"无论是大树还是人，都应该努力成长。最重要的不是结果而是成长的过程！在这个过程中，所有积累的经验，都会让人生变得有意义啊。"

阿月愣住了，似乎是想起了什么。她突然很想哭，但感觉眼睛仿佛被冰封了似的，无法涌出泪水——是啊，她的眼睛早就一片冰冷了……想到这个，她不禁苦笑起来。

亚栗注意到阿月眼神的变化，惊喜地叫道："你的眼睛一定会好的，相信我！"

阿月低下头去，声音低得近似呢喃："很久以前，爸爸也跟我这么说过。他说，人这一生，不断地努力，去追求成功，其实真正重要的不是结果而是过程。这些过程会融入记忆里，充实你的一生。他还说，人活在这个世界上，一定要快乐。但是他……却走了。"

"你爸爸……走了？"亚栗怔住了。

阿月的声音低沉而哀伤："是的。我爸爸是一个特别乐观向上的人。可是一场疾病，无情地带走了他。他是一个很有名的作家，写过很多很多的故事。我所在的城市里，几乎每个人都看过他的书。可他去世之后……没多久，人们就将他淡忘了。人们忘却一件事总是比记住它容易得多。你说，他的成功还有什么意义呢？已经快没有人记得他曾经的辉煌，甚至在我的记忆里，他的样貌也渐渐模糊了。"

亚栗沉默了，那棵树的画面也在空中慢慢地淡去。

"我不知道该怎么安慰你……不过……有一点可以确信，你爸爸一定不希望看到你这么悲观。"过了许久，亚栗开口说道。

"我知道。"阿月自嘲地翘起嘴角，"可惜我还是往他最不希望看到的方向策马扬鞭了。"

"或许，我一下子没法改变你。但我相信，时间会改变你。"阿栗认真地说，"如果你不介意，就在这片花田里多待些日子吧。"

阿月想了想，点点头。

接下来的几天里，阿月和亚栗都没有再提起关于人生意义的话题。

每天，亚栗用花中人特有的幻术，为阿月展现世界各地神奇的景色和形形色色的人。

阿月眼睛里冰冷的神色慢慢消融着，像冬日将尽春意渐浓时，逐渐裂开的冰面。她的内心深处，有什么东西也随着眼睛里的神色一块儿松动起来。

也许……亚栗说的是对的？似落叶轻飘过眼帘，阿月心里时不时闪过这样的念头。

她就这样犹豫着纠结着，在花田里度过了几天。

第七天的时候，亚栗跳到她肩上，轻轻说："阿月，你该走了。"

"为什么？"阿月愣了。

"不管是谁，在这里都最多只能待7天。7天一到，不管眼睛治没治好都要离开。"亚栗轻轻地说，"这是花田自古以来的规矩，我没法改变。"

"哦……明白了。"阿月怅然地点点头，"好，那我走。"

"别急，"亚栗道，"我还想告诉你……"

"你想说什么？"

亚栗想了一会儿，慢慢地说："你爸爸虽然走了——当然，每个人都会有这样的结局——但他在活着的时候，有梦想，也有追求。他写了那么多故事，不管以后别人能不能记得他，他的那些作品，都充实了他的人生，也丰富了别人的生命。人生只有一次，不论遇到快乐的还是忧伤的事情，我们都应该学会感恩生活，因为所有经历过的一切，都会让我们的人生丰富而有意义。"他揉了揉眼睛，"阿月，我真的不希望你再这样下去。如果爸爸还在，他肯定也不愿意看到你失去活力的。"

阿月的鼻子渐渐酸起来。

忽然，她眼里的冰冷一下子消散开来，化作泪水奔涌而出。泪水浸润过之后，那双黑白分明的眼睛里开始有了神色……

"这个故事好听吗？"她微笑着问小女孩儿。

小女孩儿调皮地眨眨眼："外婆，那个阿月就是你吧？"

"是啊……"她笑了，"你相信这个世界上，有这么一片神奇的花田吗？"

"我……"女孩儿想说"不"，却忽然想起妈妈说过，外婆老了，爱说胡话，常常编造出一些根本不曾发生的事来，不要和她较真，顺着她吧。

"我相信。"

"相信就好……我给很多人讲过这个故事，他们都说这是我幻想出来的子虚乌有的事情……"她眼里涌上了一片泪花，开始喃喃自语起来，"亚栗，你去哪儿了？我的眼睛已经好了……我这一生活得很开心……可是，后来的岁月里，我在很多个夜晚找寻过，想再见到你，却再也没有找到过那片花田……"

女孩儿惶然无措地看着她。

她用颤抖的手拿起纸和笔，在泪光里慢慢描摹出一个栗色头发的面影。

玉 镯

小村里的孩子，都叫她玉外婆。

因为玉外婆总是戴着一只玉镯子，成色很差很差的玉镯子。

小村里的大人，都叫她疯话婆。

因为疯话婆总是在嘴里重复疯话，换汤不换药的疯话。

"阿雨，你不要靠近疯话婆啊，疯话婆可吓人了，你要去跟她说话啊，她就会把你——"妈妈做了一个吓人的动作，"吃掉！"

我从小一直就是这么被告诫的。玉外婆是坏人，玉外婆是疯子。

可是我觉得玉外婆挺好的。有一次，我为了追一只蝴蝶迷了路，绕来绕去地经过她家门口，玉外婆看见了，马上去屋里抓了把糖给我。

那天之后，我就觉着，玉外婆一定没疯。疯了的人怎么会笑得这么亲切？怎么会给小孩糖呢？疯子，疯子不应该是，嘴里流着哈喇子，披头散发，吃小孩的吗？可是玉外婆笑眯眯地给我糖，还问我上几年级了呢。而且，她能说得出整个村里小孩的名字。

妈妈怎么会觉得玉外婆疯了呢？我搞不懂。

我想再去玉外婆那儿看看。

"玉外婆，玉外婆？"我趁妈妈出田去，爸爸还没从大工厂回来时，在玉外婆的小屋门口探头探脑。

里面半点声音都没有。

我又叫了几声，还是没动静。我刚想走，玉外婆就开门了，笑盈盈地对我说："雨雨来啦。进屋头坐，外婆给你抓糖吃。"

我开心地跑进玉外婆的小屋，发现里面很干净，不像个疯了的人住的。

我心里点点头：嗯，这又是一条玉外婆没疯的"证据"。

玉外婆从厨房抓了把糖给我，我大口嚼着。玉外婆还是那样笑盈盈地看着我，脸上沟壑皱成一团，像是一件揉得很皱很皱的裙子。

玉外婆问我："雨雨，你今年上几年级啦？"

"啊？"我吓了一跳，上次不是问过的吗？"二……二年级。"

玉外婆点点头，忽然唱起来："一条大河——波浪——宽，风吹——稻花——香两岸，我家就在——岸上住——"

玉外婆不唱了，伸出她那只瘦骨嶙峋，青筋如老树藤般紧紧缠绕的手，神情认真地对我说："玉镯子，很好看的！外婆的玉镯子可值钱了。他们都说这玉不好，其实是他们没眼光！雨雨，你说，你说外婆的玉好不好啊？"

我吓得不轻："好……好，好。"

玉外婆笑得好天真："还是我们雨雨有眼光的嘛！"

忽然她神色一变："不过啊，雨雨，外婆的玉镯子可不是一般的好玉哦。你听，你听，这个玉镯子里面啊，有外婆以前唱的歌！"

我凑近玉镯子去听，却什么都没听到。

玉外婆好像并不在意我听没听到，她自顾自地站起身来。"雨雨来啦？外婆给你抓糖吃。"说着，那个佝偻的背影带着欢欣，又走进了厨房。

我吓坏了：玉，玉外婆果然是疯子！我一溜烟地跑出了玉外婆的小屋。

第三次见玉外婆，我已经五年级了。

从城里来了一个老师到我们学校，她姓柳，脸白白的，头发长长的，眼睛大大的，很漂亮。柳老师教语文，她的普通话很标准，我学了好久都不像。

柳老师布置了很多好玩的作业，这一周的作业是，了解村里一位老人的故事，并把它写成一篇作文。

我突然就想起了玉外婆，不知道为什么，我就借口老师布置作业，忽略了妈妈担忧的目光，跑去了玉外婆的小屋。

玉外婆的样子还是没怎么变，仍然笑盈盈的，我一叫她，她就开门来了："雨雨来啦。进屋头坐，外婆给你抓糖吃。"

我进屋了，却没要她的糖："玉外婆，我不喜欢吃糖了。"

玉外婆的笑僵住了，很快又恢复了："好，不吃不吃。"

我想了想，还是决定直接切入正题："玉外婆，你年轻时候是什么样子的？"

玉外婆不说话了，我又问了一遍："玉外婆，你年轻时候是什么样子的？"

玉外婆笑盈盈地对我说："雨雨来啦？外婆给你抓糖吃。"

可是她走进的并不是那个很小很小的厨房，而是一个房间。过了一会儿她走出来，拿着一张黑白照片，来到我跟前，指给我看。那只手好像又瘦了一些，镯子戴在手腕上，更加晃荡了。

"外婆年轻的时候啊，可好看了。外婆唱歌可好听了，因为外婆唱得好，村里的人还叫外婆'小黄莺'呢！那个时候外婆去镇上唱歌，唱了好多好多，镇上的人也说外婆唱得好……"

我没有细听她的话，而是仔细地看着那张照片。照片上的玉外婆的确很漂亮，大概20岁不到吧，眉目清秀，梳着两根麻花辫，那个时候的玉外婆手臂比现在圆润些，玉镯子戴在她手上也没有现在显大。玉外婆年轻的时候，真的是个美人呢。

玉外婆忽然又唱起歌来："一条大河——波浪——宽，风吹——稻花——香两岸，我家就在——岸上住——"

她仍然是没唱完就又跟我说话来了："雨雨，你会唱歌吗？"

"啊？"我被这句话搞得莫名其妙，"不……不会啊。"

我……应该是会的吧，但是我从来不敢唱。

玉外婆拉起我的手，她的手很粗糙，硌得我手心生疼："雨雨，你没唱过，怎么就说不会呢？雨雨来，我们一起唱！"

我愣住了。

玉外婆开始唱了："一条大河——波浪——宽，风吹——稻花——香两岸，我家就在——岸上住——"

我仍然愣在那里。

玉外婆说："雨雨，你唱唱！"

我被她那么一推搡，心底就很奇怪地升起了一股想唱歌的欲望，于是怯怯地，也开始唱了："一条大河——波浪——宽，风吹——稻花——香两岸，我家就在——岸上住——"

"是，是这样唱吗？"我不自信地问。

那时的我不知道自己唱得有多好听，很干净的嗓音，清越，如同天籁。我只知道玉外婆紧紧握住了我的手。

自从在她那儿唱过歌之后，我越发喜欢玉外婆了。后来，我就三天两头往玉外婆那儿跑了。

那个时候我已经六年级了，整个村都知道，我唱歌很好听。

我告诉玉外婆，我在学校的唱歌比赛上得了第一名。玉外婆好高兴，拿糖给我吃，我塞进口袋，没有吃。

她一次次重复地告诉我，她年轻时在村里是远近闻名的"小黄莺"。说这话的时候，玉外婆咧开没剩多少牙的嘴，笑得好开心。

我开始一点点收集有关玉外婆的传说。我七拼八凑，凑出这样一个故事。

玉外婆本名叫刘小玉，生于一个大户人家，是娇生惯养、知书达理的大小姐。那个时候，她嗓音清亮，声音甜美，村里的人都叫她"小黄莺"。

长大了之后，她怀揣着一个歌唱家的梦，去了外地的大城市。她真的很会唱歌，而且很有天分，特别会唱民歌，不管是哪首民歌，她听两遍就会，并且演绎得声情并茂，甚至能超越原唱。

她在大剧院里唱歌，吸引了很多人来听。越来越多的人喜欢上了玉外婆的歌，她慢慢地出了名。

玉外婆觉得，离自己歌唱家的梦不远了。

但是，这时候，"文革"开始了。玉外婆的爸爸是知识分子，加上家里有钱，很快就被批斗打倒。她被下放到远离家乡的这个村子，一夜之间从大小姐变成了一名农妇。几年后，她嫁给了村里的一个农夫。后来村里闹传染病，她的丈夫和孩子全死了，就她一个人活着，从此便疯了……

而那只玉镯，听说是她当年在大城市唱歌时，用第一笔赚来的钱买的……所以她才会那么珍惜它吧。

在得知这个故事后，我心里就对玉外婆有了怜悯，抑或是一种其他的什么情绪。

又过了几年，我已经16岁了。我上了高中，全校的人都说我是当歌手的料。我的自信心一下子翻了几番，暑假里便去报名参加了一个全市的唱歌比赛。

"每一次，都在徘徊孤单中坚强。每一次，就算很受伤也不闪泪光……"我清楚地记得我唱的是张韶涵的《隐形的翅膀》。可是，到了比赛现场，我才发现，比我唱得好的人，太多太多了。我的声音，也就只有干净而已。

毫无意外，我在海选时便落榜了。

我瞒过了所有人，说我没有去参加什么比赛，只告诉了玉外婆。那个时候的玉外婆已经很老很老了，那个玉镯子在她手上已经几乎挂不住了。

她把脸上的沟壑皱起来看我："雨雨，你，你喜欢唱歌吗？"

我点点头。

"那，那就没有关系了。外婆年轻的时候啊……"玉外婆说着，忽然停住了，露出了一抹奇怪的笑容，"和你一样啊……谁唱歌的路能平平坦坦的……雨雨，你比外婆那个时候，好多啦……你唱歌，真的很像外婆，外婆找到继承人啦……"她把镯子从胳膊上摘下来给我，"雨雨，好好戴着吧。在外头唱歌，就跟在屋里头跟外婆一起唱歌一样，一定要真心想唱……"

玉外婆的话突然停了，不说下去，转而，又笑盈盈地说："雨雨，外婆给你抓糖吃。"然后她一瘸一拐地往那个特别小的厨房走过去。

忽然没有防备地，她在厨房门口重重地摔了一跤，再没醒过来。

"我一直相信，玉镯是玉外婆的命根子，里面保存着她所有的青春和梦想。人都是为信念活着的生物，对于玉外婆来说，玉镯象征着她年轻时的歌声，而歌声或许就是她活着的理由。我更相信的是，世界上总有那么一些人，她为唱歌而活。玉外婆是，我也是。"

我微笑着说完这番话，站在我面前的那个女主持人点点头。

"今天的采访就到这里吧，我已经把自己从没对外讲过的经历都告诉你了。"

"好，谢谢周雨小姐。"主持人把视线转向摄像机，"周雨小姐的经历激励着电视机前千千万万的年轻人。坚持梦想，就会成功！你们也要好好努力哦！"主持人说着套话。

我继续微笑，用手轻轻转动着另一只手腕上戴着的玉镯。

哪怕过了那么多年，现在我已成了身价过亿的歌手，我仍然保存着那只成色很差很差的玉镯，和我坚持真诚地唱歌的习惯一样，从未舍弃。

灯　塔

　　我认识他有些日子了。他似乎永远都坐在那里，眼角边刻着细微的纹路，神情有一点儿疲惫、一点儿沧桑。

　　说是认识，其实也算不上，因为我们从没说过话。他是我上学必经路上的一家工厂的保安，每次路过工厂门口都能看到他，有点孤独地坐在保安室里的一把露出絮子的破椅子上，就那么安静地坐着，像一座灯塔。

　　这家工厂半年前就没人了。听大人们说是老板的资金链断了，欠了银行很多贷款。突然有一天，老板失踪了，工人们哄抢了厂里值钱的东西，如鸟兽散般各奔东西，工厂就这么完了。

　　这种事情也算寻常，创业难免有失败的，不断地会有倒闭的，也有新开张的。

　　但不寻常的是他，一个保安，为什么一直守着废弃的工厂？

　　我听到附近许多人的传言，说他是个疯子——不然干吗会独自待在这个破地方？那个已经破产的老板，难道还会再花钱雇一个保安？但是看起来又不像，一个疯子的眼神不会是那样地淡定，更不会每天悠然地沏一杯茶，慢慢地托着杯子喝。

他静静地坐在那里，像一座灯塔。我忍不住好奇，很想走上前去问一问，但由于疯子的传言，心里又有一点儿害怕。

终于有一天，我鼓起勇气去敲了敲保安室的玻璃："那个……你好！"

他有点诧异，随后对我点点头。

我好奇地问他，为什么一个人留在这里。他沉吟了一会儿，把茶杯放在了桌子上。

"我们老板人很好的。我家里……之前出了点意外，就向他先预支了一年的工资，可没多久，他就出事了。我守在这里，我替他守着厂子，就当是还债。"

我怔住了。这人是不是死心眼儿啊？

"我知道你们怎么看我，觉得我傻。"他将视线投向茶杯里漂浮的茶叶，"好多人都不懂我啊，说我有病。老板人不见了，我不能……不能跟那些工人一样，破鼓万人捶。我至少要等把债还上了，再走。我按以前的工资算过了，还要守两个月。"

说到这里，他抬起头，莫名地笑了笑："人的记性啊，要好一点儿。"

我终于理解了他。

此后，每天经过那里的时候，我会特别留意地看一看。

他一如往常那样，静静地坐着，像一座灯塔。

两个月后的一天，保安室空了。

从此，我再也没有看见过他。

我的心里，不知从何时开始亮起了一座灯塔。

笑

她不喜欢笑，这是全村人都知道的事。

哪怕是戏台上的白脸曹操跌了个趔趄，二舅家的木船在水里一沉一浮，一群母鸡追着公鸭跑，这个姑娘，她仍然把唇角凝得如冰。

没人知道为什么，连她自己也不知道。

男孩儿托着下巴想，还是不明白。他决定要让这个姐姐笑起来。

男孩儿有了个好主意。

他翻遍全村的稻草堆，采集那些最金、最黄、最闪亮的稻草，然后用童稚的小手轻轻编起。他不如女孩们手巧，编来编去，只编成一个鸟窝。鸟窝就鸟窝吧。男孩儿又开始收集鸟蛋。各种花色，各种种类。

他顶着鸟窝，敲开了她家的大门。

男孩儿咯咯笑着，两只眼睛如黑曜石般闪闪发光。他指了指头上的鸟窝，对她说："姐姐！我的头发乱成鸟窝啦！

哈哈哈哈哈……”

男孩儿的笑声单纯明快，像一串风铃缓缓摇着。她并没有笑。

男孩儿撇了撇嘴，又说："你看我傻不傻！还自己编鸟窝，我也成鸟啦！哈哈哈……"

鸟窝在他头上摇着，颤颤巍巍的，她毫无反应。

男孩儿的眸子黯下去，但他没有放弃。男孩儿把鸟窝放在桌上，从口袋里掏出六枚雪白的鸟蛋，最后又高高举起一枚棕色的："姐姐，最后一个是棕色的！哈哈……"

鸟蛋在鸟窝里安分地躺着。她什么也没说。

男孩儿灰心了，跑回了自己家。

她呆愣地望着那些孩子气的小把戏，嘴角轻轻地抽了抽，但仍不是笑。她小心翼翼地捧起鸟窝，被晒干的稻草缠在一起，散发出清爽如晨间风的味道。她捧着那个鸟窝，就像捧着一颗珍贵的童心。她把鸟窝放到了门前的鸡舍里。

几个星期后，鸡舍里传来小鸟儿的唧唧叫声。她眸里一派惊喜，捧起一只鸟儿，绒黄的毛让她的手心痒痒的。鸟儿歪头看她，眼睛乌黑发亮。她又看向那个窝，本就不结实的稻草如今早已散得到处都是。稻草旁7个蛋都孵出了小鸟儿，鸟儿们一齐歪头看着她。

此时，全村人都清楚地听见了她灿烂的笑声，温和愉悦，像滚落在天地间的小小金橘。所有人都被感染了，也都笑起来，空气中漾着笑的味道。

唯有鸡舍里的小小鸟儿，睁着黑溜溜的眸，好奇地打量着这个洒满了笑声的小小村庄。

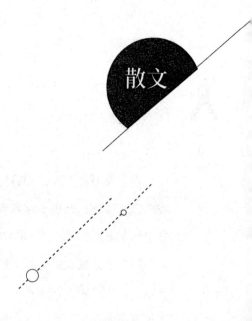

散文

她

　　我生命中有个人，一路与我闹着别扭，跌跌撞撞走来。我总是嫌弃她，她也永远嫌弃着我，似乎早就该分道扬镳，却仍然在阳光灿烂的日子里共同大笑。

　　她总是说我太懒太不整洁，每次看到我的书桌都扶着额头叹气，或者是突然尖着嗓门儿大吼。我也总是很烦她，除了被骂得垂头丧气外，内心油然而生出一些愤懑和不满，忍不住就会直接出言不逊，于是又引发一场战争。结局永远都是她气得回了卧室，而我无趣地坐在杂乱的书桌前。可一小时后，她仍然会端着牛奶和钙片来到我身旁，拨开躺得到处都是的书本把牛奶放下，然后把钙片塞进我嘴里，很严厉地说："你每天这么晚睡，不补充点营养怎么行。"而我也会象征性地把书桌收拾收拾，虽然一个星期不到它就会变回原先的样子。

　　印象最深的莫过于那次。她送我去上培训班，半路上突发奇想提出想去听课，我自然不愿，推搡来推搡去的，然后一路飞奔把她甩在后面，晾在了教室门外。她就气呼呼地走了。那天她真的特别生气，说我为什么不同意让她一起分享我的课堂呀，说我就是嫌弃她，不想接纳她进入我的世界，等等。狠狠骂了我一顿之后，她把自己关在了房间里。我不知道她为什么会有这样的想法，却突然有所悔悟，就敲她的门去道歉，她不肯理我。那天她没有给我端来牛奶和钙片。我闭上眼睛，脑海里都是她气愤的样子和失落的眼神。我很担心也很害怕，害怕她从此再也不对我露出微笑。

第二天，她沉默地叫我起床，我也怅然，不知道要说什么好。几天后，她好像又变回了曾经的样子。我长舒一口气的同时也感到庆幸，幸好她是这样一个别扭的人啊，明明说着不再理我，仍然会自动与我和好。

我和她啊，或许只能用别扭来形容了吧。我常常惹得她暴怒，她也常常弄得我不耐烦。我们两个啊，像双生的藤蔓，紧紧拥抱着彼此，永远不会渐行渐远，互相容忍着对方的坏毛病，说出很绝很倔的话却无法真正践行，总是别扭地不约而同地和好如初。然而我是多么爱她啊，她也是一样，别扭地不表达这样的情感，但我们深爱着对方，我们都知道。

浙江少年文学新星丛书

第六辑

阿 月

我喜欢盛夏35℃的风，晚秋淅淅沥沥的雨，深冬飘飘洒洒的雪和初春拈花微笑的你。

——题记

听到阿月在底下喊我，我连忙冲下楼去。一出楼门，就看到她坐在茶花树下，手里抚弄着一朵旖旎的粉色茶花，笑容小小的，很好看。

我坐到她身旁，掐了一下她的脸。她嘻嘻笑了起来，说："我发现了一个特别好玩的东西。"

我好奇地凑过去看她手中玩弄着的花朵，很娇嫩的一朵山茶花，是特别好看的淡粉色。阿月笑着把花别在我的头上，却没夹住，花慢慢从我头发间滑了下来。她说："我们来摆花吧！"

她随手拾来两片叶子，摆成一个漂亮的图形，然后把那朵花放到中间，眯起眼睛又嘻嘻地笑了："你看，这样多好看啊。"

我也来了兴致，站起身就把手伸向山茶树的顶端。阿月打了我一下："不可以揪花！花会痛的，它痛了，就会哭。"

我若有所思地点点头，然后在山茶树旁边拾起了一朵落花，再找了几片很宽的大叶子，做成了一艘花和叶相结合的船。

不过等我摆完了，阿月早就摆了一个新的图案——长而卷的叶子和落花的花瓣变成了星星和月亮。初春明媚的阳光均匀而温和地洒下来，花瓣的边镀了些微的闪光，好像真的闪烁在浩瀚的夜空。

我不服气地撇撇嘴，阿月却笑着说："你摆得也很好看呀。"

一个下午的时光就这样轻飘飘地过去。我和阿月摆了满满一地的花，各色各样的花朵和树叶，组成各色各样斑斓的图案。

天色将晚，我刚要和她告别，她却拉住我："别走啊，还得收拾花呢。"

她轻轻地用手拢起那一地的花瓣，温柔地把它们放在茶树旁边的泥土上。然后慢慢用手铺平了它们，似乎喃喃自语一般，轻轻说："大地给我们的东西，我们也得还回去才行。"

我在那之前，哪怕看过那么多灵巧的童话，哪怕听过那么多冗长的新闻，却从来没有听到过一个小女孩儿，说出要把花儿归还大地这样的话。

　　我总是想起，像这样和她相处的零零碎碎的片段。她在阳光下对我微笑的神情，眼睛眯成一道月牙儿说话的样子，包括离去时颓然的背影。我的记性并不好，可我却记得很多很多这样的事，于是就记录下来，向世人证明，我认识这样一个干净清澈的女孩儿，她确实存在。或许明天，或许明年，我又能看到她，抚着花瓣，向我微笑呢。

采红菱

  金秋十月，绍兴，这个素来有"江南水乡"之称的地方，乡村中，已是采菱角的季节。

  清澈见底的河面上，布满了一片片碧绿的菱角叶，它们漂浮在河面，像是一只只小船，载着秋的信息滑向远方。远远望去，真是分不清哪片是真正的草坪，哪片是河水了。正在那翠绿的菱角叶下面，一个个调皮的菱角成熟了。它们像是玩捉迷藏一般，藏匿在河水中、绿叶下，但照样能被有经验的采菱人一眼便看出来。有些菱角，仿佛与河水赌气一般，气鼓鼓地露在河面上，让乘着木船的采菱人好一阵子惊喜。傍晚时分，柔和的日光洒下一层薄薄的轻纱，笼罩在菱角叶和菱角上，配上远处山坡上蜿蜒的小路，像是一幅色彩明艳的水彩画一样。

  10月的黄昏是凉爽的，乘坐于木船上，想当采菱人的我，愉快地接受着迎脸吹来的风儿卷来的丝丝凉意。木舟划过的地方，菱角叶都纷纷"让路"，不时地还有水波漾漾，真有

"浮萍一道开"的感觉。

老爸很有经验地翻开一片菱角叶，果然，菱角叶下面，结着一只只又大又嫩的新鲜菱角。轻轻地剥开浅棕的硬壳，菱角便露出白白嫩嫩的"真面目"来，像一团洁白的冬雪，可爱极了。放入嘴中，细细品尝，一股甘甜清凉的滋味儿沁人心脾，比城里特意加工过的菱角菜肴，还要鲜嫩爽脆几分。我试着自己采摘菱角，学着老爸的样儿，将手伸出船外，身子微微前倾，好不容易采下一个，却因动作不大协调，差点儿掉下河去。

半个多小时后，我们已采了满满两篮新鲜的菱角。下船，走回奶奶家的房子，我们便将两大篮菱角下锅煮了。20来分钟之后，锅中就飘出了菱角的香味儿。奶奶笑盈盈地将煮熟的菱角端出锅，放在桌上。

我迫不及待地拿起一个，却被烫得手心都发红了。待它稍稍凉些了之后，剥开壳儿，咬一口，味道不是生菱角那般爽口，而是糯糯的、香香的，像糯米糕的口感。

10月的绍兴乡村，有菱角飘香的味道。

小村落

　　小村落的一天是从几声鸡鸣开始的。清晨，太阳还有些羞涩，如少女一般，不敢热情奔放，只从小村落人家的粗布窗帘缝里，筛下还有些生冷的阳光来。而公鸡就在这个时候，兴致勃勃地叫起来了，那声音不大好听，却让小村落的人们备感亲切。

　　鸡叫过后一会儿，小村落里就热闹起来了：要种田的，挎着菜篮、蹬着三轮车、扛着农具来到自家田里；去城里打工的，与家人匆匆告别后，就从桥这头走到桥那头去，再从桥那头坐车去城市里。妇女们大都待在家里，起来后就忙着做早饭，或是和邻居有一搭没一搭地聊着天。顽皮的孩子们有些揭块瓦、捡块薄石板就去河边打水漂儿；有些死命追着鸡不放，想把鸡逼到河中，看看它会不会游泳；有些则兴高采烈地撵着鹅，鹅都伸长脖子大叫了还是不罢休。

　　小村落有条河，像条分界线似的将整个村落分成两半。这条河，是人们生活的依靠。哪户人家杀鸡杀鸭吃了，就在河里洗干净；哪家人衣服脏了，照样要在河里揉搓，或是拿上岸来捣衣。久而久之，河水都已经有些发黑了，但人们对河的喜爱一点儿也没有减少，照样该捣衣的捣衣，该洗鸡鸭的洗鸡鸭。

河很长，一直弯弯曲曲地向远方流淌。小村里的人们常划着木船漂在小河上，木桨拨动水流的声音格外悦耳。小河上有座桥，不是什么雄伟的大桥，也不是造型独特的桥，只是一座小小矮矮的石桥，简朴的台阶，有些破烂的桥栏，却不知承载了多少村民的感情。阳光好了，粮食又丰收，不少村民都将自家的白菜啊、青菜啊摆在桥上，让太阳好好晒晒，好腌制梅干菜。没有人偷拿，没有人偷偷调换，所有人都很放心很守信，也许这也是小村落邻里和睦的诀窍之一。

清明时，小村落最美。田里的油菜花都开了，黄灿灿的一片，像无边无际的海洋，虽是在农村里，但也有梦幻的感觉。油菜花有一个孩子那么高，花朵开得又大又多又金黄，没什么香味儿，但也吸引了不少蜜蜂、蝴蝶来飞舞采蜜，常引得孩子们到花田里，不是为了看花，而是拿网兜去捕蝴蝶、捕蜜蜂。如果正好有"清明时节雨纷纷"意境中的一场小雨降临的话，那油菜花的颜色将会从明黄变为一种水彩般的明媚颜色，再加上远处青山的背景，就像是一幅油画一般，鲜艳欲滴。

小村落，永远飘着一种淡淡的香味儿，却不似浓郁的香水。那种味道，叫温暖。

虎跑之春

　　盼望已久的春游终于来临了。这次的春游，我们要去虎跑游览。

　　一来到虎跑，我便被那古色古香的大门给震慑住了。红漆的门，雪白的墙，再加上高高的匾上的鎏金大字"虎跑"，尽显古朴淡泊之气。门内已冒出嫩叶的树枝悄悄地探了出来，大有"满园春色关不住"之风韵。

　　走进如城楼般宏伟的大门，那长长的青石板路就伴着小溪展现在我眼前。这条小路叫虎跑径，景色也如名字般优雅。溪中生长着笔直的水杉，修长挺拔，如训练有素的士兵一般。但有一棵水杉却将细腰弯着，像座小桥，横跨天际。

　　四周一片新绿，可也绿得层次不同：有些小苗，叶子嫩绿似刚水洗过一般，绿得纯净、自然；有些树已经长大，身材魁梧，叶子之绿便趋向于成熟，是沁人心脾的绿，十分有魅力，也通透着清新；有些老树已经生长了几十年，叶子不再青葱，而是一种深沉的墨绿，有种看破人世的熟谙感。三

浙江少年文学新星丛书

第六辑

种不同的绿交相辉映。树的形状也姿态各异：有的树冠蓬松，像一团软软的云朵；有的树形细长，仿佛一支玉箫；有的树枝向两边散，倒也别有风味……溪旁山石中夹杂着五彩斑斓的小野花和可爱的青草，让这儿更加生机勃勃。

溪流是清澈的，像单纯孩子的心灵那样，不需多揣摩，只一眼就能望到底。水花欢快地四溅着，仿佛岸上有什么好玩儿的东西吸引着它。几条小鱼悠然自得地摆着尾巴，像国王正巡视土地似的。水底有细细的泥沙与落叶，让我想起龚自珍的一句诗："落红不是无情物，化作春泥更护花。"不知落在水中的落叶如何护花呢？或许是化作水底的泥沙来护水中的水杉吧！

溪流是悦耳的，不然何来"叮叮咚咚泉"之说？哗哗的水声，在我听来竟不觉单调。是否我已成了树，学会欣赏树生活中唯一的音乐了呢？

溪流是沁凉的，用手轻轻触碰，如此冰凉透彻，让人感觉到一下子远离了尘嚣，返璞归真，回到了远古宁静的年代。溪水是甘甜中夹杂着丝丝苦涩的，这是虎跑的味道，自然的味道。

小路很阴凉，因为有树荫遮着。阳光从树叶间筛下来，在地上留下斑斑驳驳细碎闪耀的日影，变幻出万花筒的美丽花纹。顺着曲径通幽的小路一直向前走，便来到含晖亭。亭旁是一组由艺术大师韩美林先生设计创作的石雕老虎像。瞧吧，两只老虎神气十足：一只在上，昂首挺胸地踱着步，扭过头来，张大了嘴，露出尖利的牙，仿佛在恫吓我们；一只在下，低着头，好像在用鼻子嗅着什么，两只前爪弯着，似乎在刨什么东西一般。两只虎身上都满是奇异的花纹，还有圆圆的小石球，爪子尤其粗大。韩美林先生将夸张及抽象运用得恰到好处，使得两只虎各具神韵。

走过石虎雕像，前方是一座白桥。这桥有一个让人不由得浮想联翩的名字——泊云桥。难道这儿是云朵的码头吗？石桥的前面就是李叔同纪念馆。进去参观之后，我不禁从心中浮生出对李叔同的崇拜：哇，这个人真厉害，书法好，音乐高，绘画能，就连出家当和尚也能取得高深的佛学成就！除了天赋，他该付出了多少勤奋努力啊。

最后来到的便是虎跑公园的核心——虎跑梦泉。我们站在石道上，隔着溪，可以清楚地看到那石雕——山洞中央，躺着一个人，身着长袍，长着长长的胡子，正用手撑着头打盹儿呢！在他旁边，两只石虎做凶狠状，一只从洞顶盘踞而下，另一只则从树底下钻出来，张大了嘴，仿佛正发出震天动地的吼声。起初，我有些疑惑：咦，虎跑中，设立这样一组雕像，有何用意？后来，我仔细观察，发现在那人穿的衣袍中掉下一串佛珠，又发现那人微闭双目，好像是在梦中。我恍然大悟——噢，原来这和虎跑"南岳童子泉，当遣二虎移来"的神话传说有关啊！这组石雕将南岳童子的梦境与现实结合在了一起，可真是耐人寻味。

漫游于虎跑公园，步步都是绿意盎然，处处可见文化景观。自然与人文的巧妙融合，让虎跑的春天分外美丽。

仅此而已

我们都是平常生活里再普通不过的人，提到温暖、提到感动，一时间想不出什么感天动地的大事来。在顷刻间跳上心头的，不过是一些碎片般的小事，仅此而已。

还是初一的时候，我和宣传委员在学校布置黑板报。因为要准备的东西实在太多，内容又很丰富，需要花费的时间格外长。下午开始动工，直到晚上六七点钟才宣告结束。夜色已经漫上来。

要离开的时候，郭老师叫住了我们。她说："你们等一下，我叫了水果外卖。"

很快，水果就送到了。很多时令水果，具体有什么不太记得了，印象最深的是有一大袋新鲜的冬枣。正好是晚饭的时间，我们都饿了，于是很快地拿了一些吃起来。

她说了句辛苦了，尾音很有元气地上扬着，顺带着还夸了夸我们的黑板报。她又催我们赶紧回去吃饭，说时间太晚了，水果只是垫垫肚子。

她把那一大包冬枣全塞给了我们。我们对视一眼，觉得全部拿走实在不好。可是她丝毫不在意地笑着，加上又饿，我们就很不好意思地带走了。

　　天全黑了，我们穿过漆黑的楼道，开着手电筒，边走边分冬枣吃。那一刻，我觉得所有的疲倦都轻而易举地消散了，似乎整个世界都浸润在甜丝丝的冬枣味道里。而且告别同伴后，一个人穿越空荡荡的校园时，也丝毫没有感到恐惧。

　　不过是几颗冬枣而已，不过是一件太小不过的事情而已。可是我们的生活，如此平凡又如此简单的生活，就由这样的小事不断串联起来，又因为这样的小温暖而格外美妙动人。冬枣又有什么珍贵的呢？或许这样的举动也只是不经意的而已，但它仍然那样真实又坚定地存在着，像一朵小小的火，散发着不可忽视的光和热。

　　做个善良又温柔的人吧，做些渺小却温暖的事吧。或许每个人都经历过这样小小的瞬间。我们不轻易想起它们，却不会轻易忘却。

姥姥来了

几个星期前，我的姥姥从远在山东的老家来到了杭州——我们的家。

姥姥是个勤快的人。她每天早上天还没亮就起床忙活了，等我们睡眼惺忪地梳洗完毕时，饭桌上已经摆好了丰盛的早餐。晚上，天还没黑她就开始在厨房里奏响锅碗瓢盆的乐章，我们回到家时饭菜都已经做好出锅了。如果我们回来得晚，她会细心地把碗盘盖在饭菜上，让饭菜凉得慢些。

姥姥来了以后，给我们家带来了许多改变：闲置了很久的鱼缸重新布置上了水草、贝壳、石子儿，还养起了红红黑黑的好几条鱼；小鱼儿悠游自在地摆着尾巴，在水草间捉迷藏，家里一下子就多了活泼的生机。每天傍晚，阳台上的衣服都会被及时地收起来，叠得整整齐齐的放在我们各自的床头，散发着温热好闻的太阳光的气息。家里变得干净整洁，再也不是需要用的东西找不着，乱七八糟的杂物一大堆。对我来说，最大的变化就是，想到有姥姥在家里做了各种好吃的东西，放学后我不再等着妈妈来接，而是勇敢地自己坐公交车，迫不及待地回家去。

更奇妙的是，姥姥的到来，使家里人的生活习惯也发生了微妙的变化。

平常，老爸晚饭后都喜欢自己一个人出去锻炼。他嫌我和妈妈走路磨磨蹭蹭，总是不肯叫上我们。但姥姥一来，老爸却放弃了"独行侠"的一贯作风，一吃完晚饭，就主动"邀请"姥姥一起出去散步。见老爸和姥姥很快便"团结一心"，我和妈妈有点嫉妒：平常老爸都不肯带我们去，现在对姥姥却主动示好，哼，这"不公平"！于是，我和妈妈也借此机会起哄，一家人便热热闹闹地一起出门了。

夜幕下，我和妈妈嬉笑玩闹着，很快就跑远了，把老爸和姥姥远远地甩在了后面。我隔着老远，大声地向老爸喊话："老爸，你真没用，走得这么慢！快来追我啊！"妈妈笑着说："你老爸是为了陪你姥姥呢！"果然，只见老爸一改平时健步如飞的样子，顺着姥姥缓慢的步伐，走在她身旁，和她有说有笑地聊着天，还不时地提醒姥姥注意台阶或陡坡。等老爸和姥姥慢悠悠地走近了，妈妈打趣说："嗨，你们聊得可真热乎！看上去你们俩才像亲娘儿俩呢。"逗得全家一阵哄笑。

以前，妈妈双休日爱睡懒觉，有时甚至睡到日上三竿还不肯起。我有时会笑她是大懒虫，她解释说平时上班太累了，需要好好休息一下。可自从姥姥来了以后，妈妈不管前一天晚上睡得多晚，都会坚持6点多起床，然后陪着姥姥到楼下的小公园去打太极拳。其实，妈妈根本就不会打太极拳，她的动作笨拙得像只企鹅，而且她混在一群白头发的老爷爷老奶奶中间，也显得格格不入。一早上的太极拳打完，她就唉哟唉哟地喊腰酸背痛。姥姥说，刚开始打拳的人都会由于不习惯而浑身疼痛的。

让我惊讶的是，妈妈没因为身体不舒服而打退堂鼓，反而抽时间认真学起太极拳：她上网搜到了教太极拳二十四式的视频，一遍一遍地看，边看边跟着比画；她还在网上给姥姥订购了专门的太极鞋、折叠剑，给姥姥配备了专业的"行头"，她自己也买了一套太极服饰，以便更好地融入太极文化中。我问妈妈为什么费这么多心思学太极拳，妈妈说："你姥姥年纪这么大了，又人生地不熟的，我怎么放心啊！当然要陪着她喽！"

这个周末，老师布置的作业是写一篇有关亲情的作文。我觉得日子每天似乎都平平淡淡，没什么稀奇的，简直有点无从下笔。我就去问妈妈，亲情是什么？妈妈想了想，用了很诗意的话回答说："人生是一段长长的旅程。亲情就是彼此的陪伴。爸爸妈妈将用一生陪伴你，能陪你走多远就陪你走多远。姥姥对爸爸妈妈也是这样。等你长大了，就会懂的。"

听了妈妈的话，我忽然发觉，在姥姥来这儿的这段日子里，原来有这么多值得珍惜的点点滴滴。

逆风而行

在恶魔谷，你才会真正认识到何为大漠、何为狂沙。大巴车在鬼哭一样的戾风里，在满目疮痍的黄色世界里爬行——像是末日来临之时，人类最后的诺亚方舟。风把沙砾拍碎在车窗上，车门每一打开，就有飞天黄沙扑面而来。

我不想下车。恶魔谷这样的地方有什么好看的呢？在西北的大片荒漠里，它既不像月牙泉，是一片温柔的绿洲、梦幻般的奇迹；也不像莫高窟，荟萃着人类的珍宝。在这里，你能"欣赏"的只有狂风，被风化被沙砌的无数岩石，以及沙石拍打在你腿上时的痛感。

用围巾包裹住口鼻，又再加了一件外套，我勉强迈进了这个恶魔之境。剧烈的风沙让眼睛难以睁开。我草草地扫了几眼面前形状可怖的怪石，打算回到车上去。

这时我看到了那个姑娘，风沙中，她紫红色的披巾高傲地飘起——她身姿笔挺地站在风里！不同于大多数人的背风而行，她眯起眼睛迎着风，像在拥抱漫天沙尘。我心生敬意，努力向她靠近了几步，却看见她的脸上有一块胎记，也是紫红色的，几乎蔓延开半张脸。我愣住了，站在一边，没敢贸然去打扰她。

直到这个景点的游览结束了，我们回到车上。我小心地试探着问她："你刚才在看什么？那么大的风，你不怕吗？"

她笑着撩了撩头发，于是那块胎记整个露出来，愈发明显。"看那些石头呀。风把它们一刀一刀刻成那个形状，你不觉得很神奇吗？至于风，随它吹就是了，没什么好怕的。"

她还说，等会儿大巴车的旅程结束了，她要去租一辆越野车，往大漠深处行进，在这个叫恶魔谷的地方，好好拜访一遭恶魔。不知道为什么，我也被她感染得陡升胆气，决定和她合租一辆越野车。

我们在大漠里驰骋，她甚至放声高歌。她很健谈，谈起这些石头的美、西北土地的奇妙，还毫不避讳地谈起自己脸上的胎记。她说："胎记，确实不好看，但也没必要藏着掖着的。就跟这儿一样，风沙很大，可只要你不怕，就可以逆风而行。你看这些石头，虽然千奇百怪，却有着大自然神奇的美。"

经她这么一说，我终于开始发现，原来那些石头有那样的魔力，各色的形状，拥有岁月沉积的痕迹，像狮子，像怪兽，像金字塔……我在狂风漫沙里，被这些魁梧的奇迹击中。原来石头也挺好看的，狂风也没那么可怕。

在恶魔谷里，从那个素昧平生的姑娘身上，我学会勇敢和无畏，学会面对狂风，学会欣赏一切、面对一切。

返程时，风沙似乎也变得温柔了。

骄阳似我

　　我写过很多次花，写它们顶着烈日，或带着晨露，徐徐开放的样子；或是伴着欲暗不暗的天色，将散不散的薄雾，萎萎凋谢的样子。而我今天还要再写一次花，写的却不是柔柔的、温和的花儿；我所写的，是骄阳的女儿——向日葵。

　　我第一次看见向日葵的时候，一点儿也不待见它。它真的不好看，太过明艳的花瓣向四面八方摊着，花心也过大过圆，更不要提它一天到晚向着太阳转这个莫名其妙的特性了。那时我所欣赏的，是柔美而婉约的小花，像是江南女子一样的，脸颊藏在袖口之后，半掩着笑一笑。

　　第二次看到向日葵，是在某个太过炽热的夏天。在去某个地方游玩的途中，路过了一大片向日葵——在那个行人寥寥无几，连树荫都难以遮挡热浪的时候，那一片向日葵，迎着太阳恣意开放着，金黄的花瓣像一圈冠冕。它无惧骄阳、无惧炎热，用两道尖锐的目光，直视那无数光年之外的巨大恒星。

　　我们这一代很多时候都是被诟病的，安在00后头顶上的常有"娇气""不懂事""任性"等贬义描述，甚至是"没希望的一代"。可我们实际上是比过去拥有更多爆发力和创新力的一代，虽然仍然在慢慢成长中，但正像是向日葵，肆意地生长着，用自己的力量和勇气，向世界下着战书：这世界是我们的，哪怕现在不是，也终将会是我们的。而我们，也有能力把它变成一个更好的世界。你说狂妄也好，自信也好，似乎是青春专属的那些血液里的冲劲，我们一点儿也不少。

　　你看向日葵，它凋谢的时候，花瓣干干净净地离去，只留下一个巨大的花盘。它低了脑袋，低得干干脆脆，一点儿也不拖泥带水。它知道自己输了，输了，就不抵赖、不抗拒。

　　你看到它花心里日渐饱满的瓜子了吗？别急，来日方长，我们下回再来。

驭风少年

我遇到过一个很笨的小孩。他在我楼下练了一年的自行车——整整一年！隔三岔五，他就推着车出来，勤奋地练习。可都一年了，他拐弯还是会摔到路边的小石沟里去。

小孩总是一个人来骑车。跌跌撞撞的，腿上摔得青一块紫一块。我放学回家时总能看见他，蹬着辆小车孤独地穿梭在落日的余晖中，四周镀着一层淡淡的光晕。他身边连一个陪着他、教他骑车的人都没有——或许大人也失去耐心放弃他了。

我忍不住问他："没人教你骑车吗？"他想了会儿，说："我自己。"我一时没听懂，于是他郑重其事地解释道："我自己教自己，自己给自己加油。"

此后好些日子没有遇见他。等再见到他时，他正颤颤巍巍地踩着辆独轮车。什么啊，自行车都学不会的人，居然要学对身体协调和平衡力要求更高的独轮车？

看到我，小孩笑了笑，嘴里还缺了一颗牙。我忍不住问他："你学会骑自行车了吗？"

小孩兴高采烈地点点头。他说让我等一会儿，然后一路蹦蹦跳跳地跑回家，推出了他的自行车。他骑上自行车开始蹬起来，绕着小道一圈又一圈，时不时咧开嘴回头看我。耳边是他带来的风在呼啦呼啦地响，小孩一路向前，像驭风的少年。

骑了几个回合后，他把自行车停在一边，又朝我挥挥手示意。我看着他小心翼翼地站上独轮车，歪歪扭扭地远去。露出的小腿上，隐约可以看见新添的青紫的伤。

那个瞬间，我被打动了。生活就是如此，荆棘尽头是花园，隧道出口有阳光。可是在收获鲜花和明媚之前，你可以先做自己的玫瑰，做自己的阳光。没有风，放风筝的孩子可以自己奔跑；没有人教，骑车的小孩可以独自历练。又何必把希望寄托给别人呢？相信自己，为自己加油，才是你应有的人生信条。

少年，愿你永远这样，驭风前行！

讲个故事吧

讲个故事吧，听谁讲呢。

我对故事的热衷是从很小很小的时候开始的。还不太会说话的时候，是妈妈给我读童话，我越听越精神，睡前故事一点儿没有起到催眠的作用。长大一点儿后，我常下楼找小伙伴玩，总是在春光明媚或者秋高气爽时，围坐在树荫底下讲故事和听故事。我记得一群孩子里，曾经有一个比我大三四岁的小姐姐，并不算太漂亮，但笑起来简直像漫山遍野的花都盛开了。她有很好听的声音和无穷尽的故事，于是我每次都挨着她坐下，还非用胳膊肘推一推她，央求她说："讲个故事吧。"

讲个故事吧，讲些什么呢？

小姐姐的故事总是和妈妈讲的不太一样的。她也讲过白雪公主，但是她的故事里没有王子，白雪公主和小矮人永远生活在了森林的深处；她也讲过小红帽和大灰狼，只是小红帽没能到外婆家，而是在小路上被大灰狼诱骗着越走越偏；

她还讲过小美人鱼，然而负心的王子和假冒伪劣的公主被小美人鱼干净利落地投进了大海。

小姐姐的故事永远都不像故事。我看过的童话也好，动画片也好，哪怕历经艰险伤痕累累，主角们也一定会有一个圆满而皆大欢喜的结局。小姐姐也喜欢看这样的故事，但她从来不讲这样的故事。听她讲到小红帽被大灰狼骗走了时，我忍不住问她："那猎人呢？猎人在哪里救小红帽呢？"

小姐姐朝着阳光眯一眯眼睛说："她没有遇到猎人，也没有人救她，这是因为她自己被大灰狼骗了，不能怪别人。"

关于小姐姐的传闻像一滴墨入水，不知道什么时候开始洇散开来。找她玩的小伙伴越来越少，最后甚至只剩下我和她。儿时的我不太懂那些风言风语的含义，只大略地听说她爸爸不知道去哪儿了，妈妈有点古怪，走到她家楼底下有时会听见女人的哭声。我不明白那群小孩儿对她避之千里的原因，但她却一天一天地消沉下来。那时的她不过10岁，却仿佛懂得了很多人情世故。她笑得越来越少，偶尔一笑，也像风雨之后的玉兰花，勉强而敷衍。

后来她索性不改编别人的故事了，自己编故事讲给我听。不过毕竟年龄还太小，她没办法讲出一个完整的长故事来。一只兔子迷路的故事，她分成了十段讲，讲它遇到的松鼠、狐狸和人类。他们欺骗、取笑和逗弄兔子，于是兔子在大森林里彻底迷失了方向。因为常常不记得前一天讲的是什么，所以前后接不起来，也看不到结局在哪里。但我仍然喜欢听，虽然故事已经不再是个故事，但是讲故事的人仍然是她，那个笑起来特别好看的小姐姐。

讲个故事吧，故事最后呢？

小姐姐的故事收尾得很匆忙。那天天气特别好，小姐姐一个人站在楼底下。一个男人在劝说着她，可是她坚定地摇着头，怎么都不走。我跑过去问她，她莫名其妙地说了很多，具体讲了些什么我也不太记得了。总之是她不想跟爸爸走，一开始就是因为他，他们一家才会这样的，云云。男人濒临低吼的声音和夏日的蝉鸣交织在一起，我听不清，只听到男人说什么要把小姐姐从精神病人身边带走。小姐姐没有表情，一直半抬着头，眼神穿透男人看向很远很远的地方，或许是那只兔子回家的方向。

后来小姐姐还是和她爸爸走了，临走之前她说，兔子仍然在大森林里迷着路，她遇到了好多好多的人和事，然后和他们一一告别，珍藏那些开心的，淡忘那些不开心的。兔子还是在找回家的路，可能找不到了，也可能总有一天会找到，就像森林里的太阳总有一天会升起来。

最后她很认真地看着我说："你一定要记得我。"

我说："一定会的。"

我不知道她家到底发生了什么事。我连她的名字都不曾知晓，我一直叫她姐姐。她每次自称时，也喜欢用各种各样华丽主人公的名字，比如说月亮仙子、晨曦公主之类专属于小女孩儿的称呼。

她走了之后，她家的楼底下更频繁地传来哭声，直到某一天我看到她家的窗台上挂上了鲜艳的花环。我很开心地指着它对妈妈说，那个花环真好看。妈妈没有作声，我盯着那个黑白相间又有缤纷彩边的圈，也突然安静了。

有些人离散了，真的是这辈子都见不到第二回的。我和小姐姐在最干净的童年里相遇，她自己在世界的明枪暗箭里长大，然后把盔甲变成故事送给我。我们在慢慢长大的时候慢慢分离，她留给我最后的画面，是那辆搬家公司的大卡车吐出的一大团黄色烟雾。

后来的后来，我也变成了一个给别人讲故事的人。笑着对别人讲述情节时也好，在键盘上自己敲下一个个方块字时也好，我总会想起她。因此在敲下或者讲出结尾时，我也忍不住把或许应该悲伤的结局，尽量变得七彩和闪光。我想：生活已经不尽如人意了，故事为什么还要这么让人难受呢？

讲个故事吧，讲些什么呢？

月亮仙子在黑夜里磕磕碰碰、踉踉跄跄，用尽一切力气在长大。

——还想继续听吗？

月亮仙子终于来到了亮堂堂的地方，瘀青和伤痕都被藏在了身后，她变成了最耀眼的晨曦公主。她一笑起来啊，像是漫山遍野的花一般灿烂。

我相信，故事的结局，本来就应该是这样。

潮水带星来

他伫于江畔，远眺江岸。暮霭沉沉，映照在江水上，晕染开黄昏的颜色。江水无波，一片浩渺。

天色将晚。

他远望繁花，盛景。不知过了多久，变成了星光，月色。

天地间仿佛只有他，独自一人望着彼岸。背影伫立着，九五之尊的他，只是一个旅者，一个过客。

那句话不是说得好吗，天地者，万物之逆旅。他只不过是暂住在逆旅之中的小小过客，和所有人都一样。

他是杨广。

那个让生灵涂炭，那个被后人唾骂，那个覆灭了隋朝的隋炀帝杨广。此刻他只是站在江边，安静地站着。

他什么话都不说，只是看着江水。流波挽着月色而去，潮水卷着星光而来。

他心里有个安静的角落，存放这样的夜色。世人都说，他是暴君，昏庸残暴，最终覆了国家，完结了这个短命的朝代。可他却写下这样的诗句：

> 暮江平不动，春花满正开。
>
> 流波将月去，潮水带星来。

这首诗，将禅意化成静水，一汪深流。

星汉灿烂，日月交辉。宏大的景色融在了十个字中，初读只觉得意境非凡，细细读去，你才会看到他那种抓不住时间的无助，因为流波已将月去，潮水已带了星来啊——还有他的寂寞。是的，寂寞。只有独处时，他才能把他的寂寞展露出来。

有人说，人的残暴，多来自他的孤独。杨广是孤独的，站在权力的顶峰，他相信不了任何人，他只能用日复一日的暴戾，来面对跪拜在他脚下的大臣们，对待千千万万个他未曾谋面的平民百姓。他快要疯了。他不知道谁才是真心待他，谁只是阿谀奉承。

皇帝自称寡人。他是真正的孤家寡人。

他是多么心思细密的人啊——他若不是生于帝王家，就不用每时每刻提防着一切，不用为权力苦苦追逐。他可以像无数才子那样，摇一把纸扇，写一纸五言，藏一卷诗书。他可以像无数才子那样，有温和而宽厚的微笑，轻快而甘甜的生活。

可惜他不能。所以他只能被后人谩骂，他的才华只能被慢慢淹没在历史的洪波中，他只能以昏君的形象出现在我们的记忆里。

暮江平不动，春花满正开。流波将月去，潮水带星来。

再不要生在帝王家。

在敦煌等雨

这里是敦煌。坐在大巴车上，外面是一望无垠的黄沙荒漠。太阳很大，是专属于西北、毫无遮挡的亮堂堂的太阳，热情坦荡得像沿途经过的、高歌的牧民。

是的，敦煌有牧民，虽然很少——在这样炽热而又贫瘠的土地上，旅游业因莫高窟而日益繁荣昌盛，继续从事又累又穷的农牧业，简直像是和时代脱节的傻子——可还是有牧民。放羊的老头儿趿着鞋，牵着羊绳，走在大太阳底下放肆地高歌。我把车窗拉开，大剌剌的西北方言和走调的歌声一起闯进来。他在唱什么，我不知道，唯一确知的是他在朝着太阳走，带着他的羊队往前走，向着敞亮而没有边际的前方。

大嗓门儿的导游说："我们西北人就是乐观、朴实、心眼儿好。这里都是沙漠，地里长不出什么东西来，我们还不是守了这么多年吗？放羊的放羊，唱歌的唱歌，日子好着呢，偶尔还搞点艺术作品出来——像那个莫高窟。"大家都笑起来，车子继续在荒漠里往前爬。

我们要去的地方是月牙泉。车停了下来，我们在大太阳下走下车，热浪卷着沙尘翻涌而来。涂润唇膏涂到一半的女乘客，擦着汗问导游："你们这个地方不下雨吗？天实在太干了。"导游嘿嘿一笑说："我们这地方年均降水量才三四十毫米，还没你们那儿一天降的多呢。不过，每年5~8月最热的那几天，也就差不多现在这个时候——也会下雨，但不怎么大。"

　　我们骑着骆驼在鸣沙山上走。骆驼可能是世界上最温柔而又沉默的动物，脚掌踩在沙子里很轻柔，走得也从来不急不慢的，所谓疾行和徐行，不过是迈大步子和小步子的区别。曾经的丝绸之路上那些远赴万里之外的行商，他们也是这样缓缓地在漫天的黄沙里走着吗？

　　我们跨越一座又一座的沙丘。这儿的沙是细沙，没有沙砾和土石，绵软得让你想躺进去打个滚儿。太阳似乎也随着骆驼的步伐，慢慢温柔惬意下来——我看见牵骆驼的人突然惊喜地抬头，眼角漾开一层纹路。我问："是要下雨了吗？"

　　浅灰色的云从很远很远的天边慢慢飘过来。牵骆驼的人咧开嘴笑："对，很快就要下了。"

　　他说，敦煌人喜欢下雨，因为在这个炎热的地方，只有雨水能冲散热气——还因为一年到头才下那么一两场，物以稀为贵嘛。不过嘛，敦煌人也喜欢晴天，亮堂堂的大晴天。反正热点儿凉快点儿，都是好日子。

　　牵骆驼的人接着又说，敦煌的雨不大，也下不了多久，雨丝轻飘飘的很舒服，不用撑伞——整个敦煌没有卖伞的！哪怕真遇到挺大的雨，大家也都盼着出门去淋一淋。

越来越多的人注意到了慢慢变暗的天色，骆驼队里的人纷纷仰起头，像一列逐盏亮起的路灯。他还在滔滔不绝，说其实他们也不知道什么时候才会下雨，最多能确定是在夏天……可所有敦煌人都会不约而同地期待这场雨的来临。他们都知道，雨不常造访，但一定会来，像一个古老又不成文的约定。

于是我也抬起头，和他们一起看着云飘过来，等着雨飘起来。

我们很快走到了月牙泉边。月牙泉真的很漂亮，像荒漠里缓缓眨动的、盈盈的眼睛。敦煌是这大漠里的一个奇迹，月牙泉就是奇迹中的奇迹，它生于荒凉之间，却饱含美好、创造与希望。谁能想到在无边无际的沙漠里能有这么一湾净水，有这样一片绿洲呢？就像谁能想到在无边无际、令人绝望的沙漠里，能有这么一群充满生机、蓬勃向上的敦煌人呢？

又走过了一段沙丘，雨真的下起来了。细细密密的雨丝覆在皮肤上，凉意就沁到了心底里去。牵骆驼的人又笑起来，露出一口白牙。我看着雨水从灰色的云里一点一点轻盈地落下，总感觉有种莫名的充实感。大概等待实在是种太美好的感觉。世界太温柔了，它给你留下了太多可以等待、可以期盼、可以热爱的东西，你不知道它们什么时候来，但是你确信它们一定会降临。于是你在等，而幸福也正来源于等待这些事物，比如阳光灿烂的大晴天，比如一年一场、不期而至的敦煌的雨，比如一个同你灵魂相契的朋友，比如爱情，比如一定会到来的、漂亮的明天。

返程路上，老头儿又一次放着羊从我们身边经过。他还在唱歌，歌声极其洪亮，这次我听清楚了他在唱什么，他唱——

"哗啦啦啦啦雨终于落下！！"

生活在一念间

当空气里氤氲开温柔的香气，细碎的银铃声隐隐飘近，暖光穿过云层覆在万物身上，她来了。

天气晴好的傍晚时分，在小区里的这条小径散步时，总能碰到她。每次，不用看到她的人，就能从香气和银铃声知道是她。

她大概四十岁，个子很高，面目清秀。所到之处，总是伴着花草香气。春夏是玫瑰，秋冬是金桂。那香味不像化学调制的浓郁的香水味，而是自然纯粹，清清淡淡的，很好闻。至于轻轻的银铃声，我遇见她好几次后才发现奥秘——她的耳饰和手链上，都缀着很小很小的铃铛。她的衣服并不华丽，简简单单的棉麻质地，但显得十分素雅。每次看到我，她都温婉地微笑致意。

我和她不过是点头之交，很少有搭话的机会。仅有的一次说话，是有一次在路上遇到时，她小心地向我问询我楼上那个大嗓门儿的女人是怎么回事。

这条小路景致不错，有长长的风和长长的树荫。一派风光里，却总不时有一个不和谐的叫骂声冒出来。在这条路边的高楼里，住着一个奇怪的女人——似乎对万事万物都不满意，经常会为一点儿小事不高兴，站在阳台上，朝着楼下的人们高声叫骂，不是嫌走来走去的人太吵，就是怨物业的管理太差，有时还能从市政府骂到联合国……后来大家渐渐知道，这个女人很有钱，住了最好的楼层最大的套房，可惜脾气不好，家里没人敢管她，只能任其为所欲为。小区里的人早已见怪不怪了。

听了我的讲述，她皱了眉，额上的细纹弯成一道新月，深深叹了口气后，轻轻说了一句："这么好的日子不知道珍惜。"

我点点头附和。她没再多话，道了声"再会"就继续散步了，穿着的碎花衣裙被一片绿意衬托得明艳。看着她悠然远去的背影，我猜想她的家境一定很优渥，在她眼里，生活每天都是"好日子"，所以才能有这样闲适的仪态，走出一路袭人的花香和悦耳的铃音。

直到有一天出门，我不留神按错了楼层，坐电梯去了地下车库。于是将错就错，准备从车库走出去。车库里有一长排的储藏间，都是各家买来用于堆放杂物的。经过这些小格子间时，其中一扇门突然打开，一个女人从里面走出来。竟然是她。从她身后敞开的门缝望进去，房间只有十几平方米，摆放着一床、一桌、一椅、一个柜子，一览无余。虽然简陋，却收拾得干干净净，桌上铺着白底蓝花的桌布，桌角放着几本书。

"你住这儿？"吃惊之余我忍不住脱口而出。

看到我，她也是猝不及防，愣了一下后，就大大方方地回答："是啊。空间小了点。不介意的话，进来坐坐？"

我这才知道，她为了赚钱供孩子读书，从外地来到这个城市，租住在这里。地下室潮湿有霉味儿，她就用四时的鲜花，学着用古法调制了香氛。佩戴的耳环、手链，是她设计的作品。

我被她的坦然打动了。有人住在高楼大厦的豪宅里，念念于各种的不如意。她蜗居在小小的地下室里，却能过得体面而有格调。

生活的好与坏都在一念间。正如丰子恺所说："你若爱，生活哪里都可爱；你若恨，生活哪里都可恨。"

天蓝色的房子

　　有个小村叫藕塘头。藕塘嘛，确实是有的，不过并不太大，绿油油的一片水生植物很是好看，季节到了，可以划船去采菱角。

　　这个村子依水而建，因水而兴。一条不知道名字的河穿过整个村落，村民的日常生活都与这条河有关。比如在河岸的石阶上蹲下来洗衣服，拿着在城市里几乎已经灭绝的搓衣板或者捣衣棒，目送着河水带着肥皂泡泡远去，心也跟着漂到了很远的地方。

　　村子里的桥是石桥，很古老的那种。石板被经年的雨水戳上一个又一个深深浅浅的凹坑，台阶的边缘被人的脚步磨平磨圆了。桥上铺满各家各户的菜叶或者萝卜，过两天就自然而然地变成了脱水的梅干菜和萝卜干儿。毫无防备地摆放着，是那么顺理成章，没有人会去偷，连偶尔昂首挺胸经过的鸡都不去啄。

　　江南的乡村多半是富裕的，在这个村子里，见不到年代久远漏雨漏风的房子。各家早就都盖了楼房，高高矮矮，形态各异，无意间形成错落有致的美感。每幢楼房的颜色也各不相同，五彩斑斓，几乎就是一片七彩的丛林。村民们在用色上远比城里人自在，明黄淡粉葱绿，更有甚者把屋顶和屋子漆成对比明显的颜色，明亮得像一簇光倏地跑进你的眼睛。以致后来我看到摩洛哥的舍夫沙万，那个号称"蓝色小镇"的童话之地，竟然没什么惊艳的感觉——比起这里的彩色小村，蓝色小镇算什么呢。

村口的那一家，就拥有一所很漂亮的天蓝色房子。真的是天蓝色，很年轻很有活力的天蓝色，是会让你的心跟着欣喜地跳的那种天蓝色。——这个颜色时间久了特别容易脏，而一点点的发黑就足够破坏这所房子全部的美感。

奇怪的是，很多年过去了，天蓝色还是那么纯净。原来是每年年底，房主都会请人重新粉刷一遍。真的是费时费力。但是天蓝色是多美好的颜色啊！

说到房子的主人，是对老夫妻。老头儿瞎了一只眼睛，常年乐呵呵地坐在门口的躺椅上摇啊摇。老太太精明干练，头发高高梳起来，卷着袖子下厨房忙这忙那，一切都被收拾得整整齐齐。闲下来的时候她就跟老头儿一起晒太阳，隔三岔五还去田里摘紫色的豌豆花。

听说把房子漆成天蓝色的主意是老太太提的，他们几乎是没有一点儿犹豫，冲动得像一对年轻夫妻。身边没有儿女帮忙，老太太成天迈着小碎步找工匠找师傅，老头儿则打下手帮着跑腿。房子竣工之后，简直像在村口升起一朵云。

不过这些都是从前的事情了。前年，老太太去世了，留下老头儿一个人在门口晒太阳。去年，老头儿也走了。天蓝色的房子锁了大门，再也没有人来开。

但天蓝色的房子没有一天一天黯淡下去。隔壁的邻居请来工匠，又在年底重新刷了一遍这所天蓝色的房子。刷完后，工匠把叼着的烟踩灭，然后带着浓重的乡音说："这所房子很漂亮的！"左邻右舍都笑起来，狗在人脚边欢快地绕着圈圈跑，好像这是所有人的房子。

那是怎样的天蓝色呢，是站在村口的浪漫的天蓝色，是淳朴的热爱生活的天蓝色，是弯腰拔菜的村民抬头不经意地看见，会笑起来的天蓝色。

是所有人都可以拥有的，诗的天蓝色。

你是我的启明星

在我很深、很深的记忆里，总有一位老人，抱着幼小的我，坐在乡下门前的藤条椅上，带我看星星。她晃着我，像个摇篮般温柔地晃着我。她把手指伸出去，指着那些星星，一颗一颗地数着……

所以，当我被爸爸从幼儿园中接走，被告知太奶奶去世时，我茫然无措。那个以前抱着我看星星的人，怎么会不在了呢？那个躺在白色帷帐里的干瘦的老太太，是那个疼我、护我的太奶奶吗？

太奶奶年轻时长得很清秀，这是我听大人们说的。我记忆里的她，满头银丝，脸上有很多很多的皱纹。她抱着我，给我唱那些无名的歌谣时，我就数她脸上的皱纹，一条、两条、三条……数着数着，就睡着了。

其实大人们是不让她抱我的。他们说她身体不好，抱着我，容易闪了关节。可是太奶奶才不听呢，不仅常常抱我在怀里，有时还做饭给我吃。

太奶奶下葬那天的晚上，周围人来人往闹哄哄的，我一个人坐在藤椅上看星星。我不明白为什么太奶奶会被装进一个小盒子里，也不明白为什么这个小盒子最终要被埋进地里去。我只知道，再也不会有人唱童谣给我听，带着我数星星了。

妈妈说过，人不会死的，只是变成了一颗星星，永远在夜晚照亮她爱的人。我仰起头来看星星，很多星星都忽明忽暗，只有一颗星，一直闪亮着。妈妈说，那叫启明星。

很多年过去了，我仍然常常抬头仰望星空。城里看不到太多星星，但那颗启明星却始终明亮。我知道，你变成了启明星，无论我去向何方，都始终照耀着我，与我形影不离。我也知道，在你变成星星前，你与我的最后一张合影上，我们都笑得很开心。

荒野中的向日葵

　　在西北，真正的西北，你只能看见荒凉。

　　好像把宇宙重置了，这片荒地也依然存在似的。它存在得不讲道理又理所应当，似乎人类才是不请自来的闯入者，在荒地之间突兀地生活。

　　登上高处的山丘，你一定会惊异于眼前的景象——荒地的外面是荒野，黄沙的边际是戈壁，山上没什么树，地上没几棵草，被用作耕地的土地上毫无生气，农作物的残骸东倒西歪。

　　向导说，今年是少有的旱年，不但没法灌溉，由于荒野中的植被几乎都枯死了，鹅喉羚只能对农作物一通乱啃。种什么都活不了。本来这地方可以很漂亮，他说，因为这儿适合种葵花，哎，对，就是那种特明亮、特金灿灿的向日葵。开起来，像太阳那样漂亮。

　　我向远方眺望，想要在苍茫里想象出一片开得正好的、太阳一样的向日葵花田。可是太难了，那种欢快又蓬勃的景象，怎么都和这里不符。

有人突然诧异地问："怎么还有人在种地啊？"

我也看到了，远处的荒地里有几个小身影。

向导说："唉，总有些人比较轴。这都是他们第四回播种了……前三回全被羚羊啃没了。"

那几个身影弯着背，捞一把种子，极流畅地往两边撒。撒一会儿，就回头互相谈笑几句。前三次播种，也是这样吧？几天后，葵花苗好不容易长了十几厘米，一夜之间，他们再走到荒地里来时，荒地又是荒地了。可他们不放弃，又一次把种子播下去。

我突然幻想出这样的画面来——向日葵顷刻间生长出来，昂首迎风站在荒野间，干旱渴不死它，鹅喉羚咬不伤它。播种的人在前面走着，葵花从后面一路开放，像黑夜里依次亮起的路灯。

是啊，哪怕干旱来了，鹅喉羚来了，农人失去了三次花种，可是，只要不断地播种，第四回、第五回……生活的荒野里，总能开出像太阳一样的花。

我去花店买一枝花

我去花店买一枝花。并没有什么特殊的意义，只是那天恰好春光肆意，我经过的那一整条小路都欢欢喜喜地沾满了花香。香气让人不由得走到花店里，试图也分一点儿春天回家去。

进店之后，你同样会不由自主地为春天的活力烦恼起来——视线所及之处全是盛放着的、鲜艳着的花朵。我对花没有太多了解，店主又正忙着帮别人包装花束。面前的花琳琅满目，实在是难以抉择。

我正苦恼的时候，听到身后又有人进了这家店。是个上了年纪的老太太，还未完全沾满霜雪的发丝整齐地拢成一髻，一进来就很欣喜地说："这儿有这么多花呀！"

她很快就挑好了自己的一束，还顺带着选了个好看的玻璃花瓶，用大纸盒包了起来。接着，她就注意到了我的矛盾："姑娘，你站在这儿这么久还没选出来吗？"

我点了点头。她笑起来，眼角的皱纹很温柔。"既然都很喜欢的话，不如就按它们的特点来选择吧，我可以教你。"

她便开始给我介绍每一种花的花语、开放形态和培育在营养液中可以存活的时间。她告诉我，她年轻的时候做过花艺师，哪怕退休了也一直保留着对花卉的热爱，因为她觉得花代表了生活中一切微小但确定的美好。我们仔细观察了每一朵花，沉湎在这个由香气、色彩与生机构成的小小世界里。她教我鉴别花瓣的形状，告诉我许多奇妙的知识。而我这才注意到，原来每一朵花都有独特的意义，都有不同的美的方式。春风在一旁轻歌慢颂，甚至令我们忘记了时间流逝这回事儿。最后，当我选定一朵淡紫色、将盛未盛的漂亮花朵时，分针竟已在表盘上飞奔了大半圈。

"居然花了这么长的时间，真是麻烦您了。"我瞬间觉得很不好意思。

她摆一摆手："我会这些，又刚好能够帮到你，这样的麻烦一点儿也不麻烦。如果是麻烦，也是像花儿一样美好的事情。"

我付完钱，和她一起走出花店的门。询问之后我发现，她和我有好长一段顺路。我想了想，拿过了她费力抱着的那个装着花瓶的纸盒。

这次换她不好意思了："你是女孩子，还有这么长一段路呢，这花瓶也不轻……"

我学着她摆了摆手："这是像花儿一样美好的事情。"

我们一起笑起来。

　　那枝花叫什么名字我早已忘却了，那个她叫什么名字我也一直未曾得知。我只知道在那个阳光明媚的春日下午，我收获了一枝花，遇到了一个像花儿一样美好的人，也明白了，原来"麻烦"也可以是像花儿一样美好的事情。帮助，从来不是什么麻烦。赠人玫瑰，手有余香；而赠人玫瑰这样的事，比玫瑰还要明艳动人。

　　我去花店买了一枝花，却拥有了无数枝。那朵花早就凋谢了，可更多的无数枝，依旧欣欣向荣地开放着，在岁月的每一个角落。

年岁是那么长的路

　　小区旁边有条观景道，树木常年郁郁葱葱，枝叶遮蔽了街道、人群和霓虹灯，简直像一个被城市遗忘的角落。

　　每天饭后来这里散步，几乎是居民们的惯例了。有个一年四季都穿着荧光短袖的人走得最快。他说："既然是健身，那就要走得快，不然就是浪费时间啊。出一身汗才有意义嘛！"大家被他影响带动着，也都竭尽全力地迈开大步，原本可以漫步一个小时的路程，用半小时走完，然后一个个大汗淋漓地瘫软在终点，像一支因为长时间行军而一击即溃的队伍。

　　凡事总有例外。有两个人却永远慢得格格不入，慢到大家只能在刚开始走的几分钟里看见他们。那是对互相搀扶的老夫妻，两个人紧紧靠着对方，小步小步地走着，佝偻的身影逐渐被身后的黑夜所蚕食。老头儿话很少，而老太太总是不急不慢的，皱纹笑成暖融融的一个毛线团。有时她走着走着还会哼起歌来，不知名的小调就被风搀扶着，颤巍巍地走到大家的耳朵里。和歌声一起飘过来的还有一声若有若无、带着点怜惜的叹息："年轻人，着什么急呀……"

　　他们不止在晚上散步，你还能在每一个慵懒的下午与他们相遇。有一次，我和他们迎面遇上。他们拎着一个布袋子，仍旧是慢悠悠地走在林荫小路上。"我们去超市。"老太太笑眯眯地主动对我说。

　　可是去超市不应该走这条路。我好奇于他们毫无道理的南辕北辙，老太太却依然笑得很暖和："不着急，离天黑早得很呢。我们还要去看一看路那边的樱花。"

　　两个人继续小步小步往前走着，路那头正盛放着的樱花像团积在天边的云。南风缓缓卷起老太太鬓角银白的发丝。其实太阳已经快要开始往下坠。他们像是在向夕阳里漫步而去，向鲜艳的霞光漫步而去，向看不到尽头的远方漫步而去。他们互相依偎着，或许年轻时有过分裂、争吵，有过生疏与危机，但是他们在岁月的长河里，任由那些东西被冲刷而去，如今不急不慢地、缓缓地走着。

　　后来我时常想起这个画面。我不知道他们用了多久才看完樱花，也不知道他们用了多久才绕到超市，买完东西回到家。但是我想，生活嘛，慢慢来好了。反正离天黑还早，反正一点儿也不用着急。

　　人生全力以赴地向前固然很有意义，然而慢慢前行看一看美好的景色同样意义非凡。我们不需要都紧追慢赶地争相到达小路的终点，也不必飞速而笔直地向超市进发。年岁是那么长的路，我们可以在树荫里慢慢走，唱几首歌，去看看樱花，从容地走完这条路，像那对老夫妻一样。

　　希望以后，慢慢走在观景道上的，不止两个人。